경주에 가면 행복하다

경주에 가면 행복하다

초판 1쇄 인쇄 2003년 3월 19일
초판 1쇄 발행 2003년 3월 29일

지은이 / 이정옥
펴낸이 / 김태범

총무 / 김효복, 박아름, 김은영, 황충기, 홍정기
영업 / 정찬용, 맹형호, 한창남, 문성찬
편집 / 이인순, 정은경, 조현자, 박애경
인터넷 / 정구형, 박주화, 강지혜
인쇄 / 박유복, 안준철, 서명욱, 한미애, 강주람
물류 / 정근용

펴낸곳 / 새미
등록일 / 1994. 3. 10 제17-271호
주소 / 서울시 강동구 암사동 462-1 준재빌딩 4층
전화 / 442-4623~4, 팩스 / 442-4625
홈페이지 / www.kookhak.co.kr
이메일 / kookhak2001@daum.net, kookhak@orgio.net

값 7,000원
ISBN 89-5628-063-0 03800

• 새미는 국학자료원의 자매회사입니다.
• 저자와의 협의하에 인지는 생략합니다.

경주에 가면 행복하다

이정옥

새미

황룡사는 황량하다

　대학원에서 삼국유사 원문을 떠듬떠듬 읽으면서 옛 고려적 일연스님께서 다니셨던 그 발길 따라 경주를 배회하리라 작정했었다. 그러고는 잊었다. 박사학위 받은 후 몹시도 지친 심신에 잠만 자며 지내고 있던 어느날, 불현듯 그 대학원 때의 작심이 떠올랐다. 책장에서 낡은 삼국유사를 찾아들고 어두운 방을 박차고 나와 무작정 경주로 달렸다. 그날부터였다. 틈만 나면 삼국유사를 들고 경주 시내며 그 주변을 다니기 시작한 것은. 경주 지리에 익숙하지 않았을 때 였으니 설화의 장소를 찾기 위해서 참 많은 분들을 괴롭혔다.

　이제는 내가 누군가의 길눈이 되고 싶어 선무당 마냥 여러 사람 데리고 경주를 돌아다닌다. 우리 가족도 있고, 친구도 있고, 또 소개 받은 누군가들도 있다. 그 중에는 학교에서 내 수업을 듣는 학생들이 가장 많다.

그날은 소풍하기 알맞은, 참 화창한 봄날이었다. 우리 국어국문학과 학생들과 함께 경주를 다닐 일을 꾸몄다. 학생들에게 손에 손에 삼국유사를 들게 했다. 현장에 가면 그곳이 나오는 책 속의 이야기를 찾아 책장을 펼쳐가며 수업할 것이기 때문이다.

　분황사와 황룡사를 둘러보고 나오는 길에 한 학생이 말했다.

　"교수님, 황룡사가 아니라 황량사네요."

　비수 같은 말이었다. 그 찬란하고 화려하고 웅장하였다는 황룡사 얘기는 책 속에만 있고, 눈앞에는 풀만 무성한 황량한 들판에 군데군데 주춧돌만 보일 뿐인 것을 거짓말 못하는 학생은 숨기지도 않고 내뱉는 것이다. 그 후 나는 '황룡사는 황량사' 라는 애기를 간 곳마다 하고 다닌다. 경주에는 숨겨진 보물이 많으나 그것을 꿰어 만들지 않는다는 애기와 함께.

지난 97년부터 6여 년간 신문이나 라디오 칼럼으로 기고하였던 글 중에서 경주와 문화정책을 키워드로 하여 편집해보았다. 때와 발표지면이 고려되어 써서인지 시의성 뒤떨어진 글이 많다. 그러나 시정되어야 할 것이라고 목청 돋운 것 중 시정된 것은 별로 없다는 점에서 이 글들이 여전히 유효하다는 편한 생각을 변명으로 삼는다. 편집하면서 제목 정도만 손질하고 거의 그대로 싣기도 했다. 이 책 엮음에 별 뜻은 없다. 그냥 황룡사가 더 이상 황량사가 아닐 수만 있으면 좋겠다는 생각만 간절할 따름이다.

현장을 더듬으면서부터 나의 길눈이 되어준 분들께 더할 나위없는 감사를 드린다. 잘못된 글이 되어 질책이나 안 받길 바랄 뿐이다. 사진 자료가 필요하다는 흘러가며 하는 소리 귀담아 듣고 기꺼이 사진 찍으러 가준 우리 위덕대학교 국어국문학과 강호혁씨, 즉석에서 보조기사 노릇을 승낙해준 신라학연구소 조교 최영환과 기사자료 선별해준 임향미의 도움이 크다. 책 디자인을 기꺼이 자청한 마루의 이원아 실장, 새미 사장님의 선선한 출간 허락과 편집부에게도 고맙다.

경주에 가면 나는 참 행복하다. 그러나 진실로 거기에 그들이 있어 행복하다.

2003. 3. 15

이정옥

목 차

경주여행, 패러다임을 바꾸자

경주여행, 패러다임을 바꾸자

초여름 따가운 햇살에 콧등이 빨개지도록 다니며
몸에 익숙치 않은 여행가이드를 해 보았다.
고단하기 그지없는 하루였으나 평소 내가 꿈꿔온
'설화테마의 경주여행' 안내 경험은 생각만 해도
짜릿한 흥분같은 체험이었다. 고색창연한 문화유적과
그것을 만들어낸 선조들의 상상력의 산물인
'이야기'가 만나면 경주여행의 새로운 패러다임이
멋지게 만들어질 것 같은 예감도 썩 괜찮았다.
책 속에 잠자고 있는 무진장의 경주이야기들을 꿰어
보물을 만드는 일, 우리 몫이다.

우리 문화의 굵은 맥, 경주

도심과 외곽지역을 가릴 것 없이 산재한 유형문화재 자원이 있어 경주를 노천박물관이라 하는 이들이 많다. 산재한 문화재뿐 아니라 신라삼보, 신라삼기, 신라팔경 등 경주를 미적으로 관조한 선조들의 심미안을 통해 알 수 있듯이 아름다운 경주는 도시 자체가 훌륭한 관광자원이다. 경주를 둘러싸고 있는 산과 하천과 숲과 들도 절경 아닌 곳이 없다.

그러나 이 풍부한 문화재와 아름다운 도시경관도 신라문화의 가치를 논함에 있어 극히 일부분일 뿐이다. 신라문화의 진정한 가치는 정신사적 가치에 있다. 신라는 강대한 통일삼국의 민족대업을 성취하여 전통과 문화와 역사적 힘이 있는 국가였다. 그 힘의 연원은 화랑도요 그 얼인 풍류도가 민족통일의 지도이념이 되어 현재 우리나라 정신계의 역사가 되었다. 이후 그것은 조선의 선비정신으로 계승되었으니 신라정신은 신라 이후 왕조는 여러 번 바뀌었으되 오늘날까지 변할 수 없는 민족 정기와 얼의 연원인 셈이다.

이 신라 고유의 강력한 정신적 바탕 위에 불교문화가 습합하여 위대한 신라의 예술을 꽃피웠다. 불국사, 석굴암의 건축예술은 불교문화의 극치이라고들 한다. 고승 원효를 비롯, 세계적인 사상가도 신라정신의 굵은 맥을 이룬다.

유학에 있어서도 해동유학의 조종으로 추앙되는 설총, 외교의 귀재 강수, 글재주를 중원에까지 떨친 최치원, 국학자 김대문도 있다. 그 맥을 이어 고려말 일연은 신라의 사적을 위대한 역저 삼국유사로 집필 완성하였으며, 조선초 김시습은 환상적이고도 신비한 금오신화를 이곳 경주 남산에서 완성했다. 동방오현 회재 이언적을 낳은 경주는 신라의 유학의 맥을 조선에까지 이었으니 양동민속마을은 명유의 고향다운 고졸함을 그대로 가지고 있어 경주의 또 하나 큰 자랑이다. 어디 그뿐이랴. 19세기 국가의 혼란과 외세 위협의 와중에 민중을 구하기 위한 동학의 깨침도 이곳 경주인 수운 최제우가 하지 않았는가.

실로 우리나라 사상의 큰 줄기는 모두 신라에서 발원된 정신사적 정통성에 있다.

설화와 함께하는 경주여행

경주에 있는 덕에 경주에 여행 온 이들을 안내할 때가 종종 있다. 그 경우 나는 경주 하면 으레 떠올리는 불국사, 석굴암, 천마총은 안내코스에서 빼버린다. 대신 내가 아는 문학적 지식을 토대로 나름대로 여행코스를 계획하여 안내한다. 하루 또는 반나절이라도 알차게 안내하여 그들이 흡족해하는데 큰 보람을 느낀다.

하루는 나의 안내를 받은 일행 중의 한 사람이 말했다.

"경주는 하루 이틀 정도면 더 안내할 곳이 없지요?"

그게 아니라 사람도 만나던 사람 자꾸 보고 싶듯이, 경주는 한 번 간데 또 가보고 싶은 매력이 있는 곳이라고 대답하고는 궁색한 변명이었나 곰곰 생각해봤다.

관광지라면 우선은 자연경관이나 역사적 사적이 있어 볼거리 욕구가 충족되어야 한다. 더구나 최근 세계관광기구의 통계에 의하면 관광객의 37%가 문화관광을 선호한다고 하니 역사적 유적지나 사적지, 박물관 등의 유형적 관광자원은 당분간 지속적으로 유지되어야 할 것이다. 그런 점에서 천년전의 고도 서라벌의 모습을 재구하는 것도 경주의 문화관광도시로서의 장기전략에 절대적으로 요긴한 것이다.

그보다 더 요긴한 것은 경주의 무형문화자산을 개발하는 노력을 함께 하는 것이다. 경주는 삼국유사를 비롯한 설화집에 실려 전하는 숱한 이야기들의 현장이기도 하다. 실로 신라 사적지 치고 설화 한두 가지 없는 곳이 없다. 그 설화를 문화관광자원으로 적극 개발해 봄직하다. '이야기와 함께 하는 신라여행'이랄지 이야기를 주제별로 묶으면, 여행자의 취향과 관심정도에 맞는 테마여행상품화할 만한 무궁무진한 자원이 설화 속에 있다. 볼거리가 빈약한 경주에서 상상력만 있으면 교육 가치도 있는 여행상품개발은 의외의 부가가치를 확보해 줄 것이다. 무형자산의 유형화 작업도 동시에 긴요하다. 설화와 함께 경주를 여행하면 경주는 매력넘치는 곳이다.

부활하는 옛 이야기

아이들이 자라 문리가 트이면 읽게되는 그림 동화나 안데르센 동화는 그림이나 안데르센이 창작한 동화가 아니다. 예로부터 입에서 입으로 전해 내려오던 옛날이야기라는 것을 아는 이는 다 안다. 그림 형제나 안데르센은 이야기의 충실한 기록자요 전달자로서의 동화작가 역할을 했을 따름이다. 그런 이야기들은 때로 뛰어난 작곡자를 만나면 불멸의 오페라나 무용조곡으로 다시 태어나면서 그 방면의 고전이 되기도 한다.

요즈음과 같은 영상시대에는 월트 디즈니와 같은 재줏꾼 만화가를 만나 재미나고 아름다운 만화영화로도 되살아난다. 안데르센의 인어공주는 애니메이션 인어공주로 새롭게 부활하여 이제 만화영화의 고전이 되었다. 거의 해마다 한 편씩 나오는 월트 디즈니 만화에 소재로 제공되는 것은 대부분 동서양을 막론한 옛날이야기들이다.

우리의 고전은 어떤가. 어느 부부의 애틋한 사랑이야기가 인구에 회

자되다가, 주인공의 이름도 생기고, 곡조가 붙어 판소리로도 불리고, 어느 땐가는 소설로도 정착되었다가 영화로도 재생산된다. 맛깔스런 현대판 마당극은 그것대로 또 새로운 맛이다. 바로 '춘향전' 얘기다. 최근에는 일세의 영화감독 임권택을 만나 또 한 번 영화로 거듭난다는 보도를 접했다.

아이들의 오락게임을 눈여겨 보면, 그 대부분의 소재가 어느 나란가의 전설이나 신화와 같은 이야기이고 보면 옛날이야기야말로 퍼내 쓰면 쓸수록 새 물이 쏟는 마르지 않는 문화자원의 샘이다. 요즈음은 영화나 게임으로 부활하면서 그 캐릭터를 이용한 주변상품의 개발로 얻어지는 상업적 소득이 더욱 짭짤하다는 얘기고 보면 이야기는 새세기형 문화산업의 영원한 보물창고가 아닐 수 없다.

작년 개막제에서 신라 설화 속의 수로부인을 부활시킨 경주세계문화엑스포에서 2000행사에서는 신라 설화를 소재로 한 연극과 오페라공연물을 더욱 적극적으로 기획하여 경주의 대표적 문화상품으로 개발한다니 여간 반갑지 않다. 신라이야기의 주인공들이 부활하여 세계의 문화시장을 온통 정복하였으면 하는 바람이다.

경주 여행, 패러다임을 바꿀 준비

대구의 모 대학 여성대학원에서 연락이 왔다. 수업의 연장으로 경주 답사를 해야겠으니 안내해 줄 사람이나 단체를 소개해달라는 청이었다. 경주엔 경주답사를 전문으로 하는 좋은 사회단체가 꽤 여럿된다. 그들 단체를 소개해 줄 수도 있었으나 여성들이라기에 내가 해 볼 욕심이 생겼다.

평소 불국사, 석굴암, 천마총 등 유명한 사적지 위주의 단조로운 경주 여행상품에 불만이 많아 이야기와 함께하는 테마여행상품을 개발해야 함을 틈만 나면 외쳐대던 터였다. 재미있는 경주 설화, 특히 '삼국유사'에 기록되어 전하는 이야기들을 주제별로 묶어 여행상품을 만들어 두고는 시험해 볼 대상자와 만날 기회 닿기만 기다리고 있었던 것이다.

먼저 그쪽에서 원하는 일정을 알아봤더니 내가 충분히 시간을 내 볼 수 있는 조건이었다. 원하는 답사지는 박물관, 남산, 양동마을 등이었다. 주제화하기엔 좀 무리가 있는 곳들이었다. 그쪽의 제안을 최대한 반영하되 내가 만든 테마여행코스를 수용한다면 내가 직접 안내를 하겠다는 답을 했다. 크게 반긴다는 전갈을 받고 작업에 착수했다.

여성대학원에서 여성사를 배운다 했으니 신라 여성의 삶에 관한 관심이 있으리라 판단하고 그 가운데서도 주제를 여성과 사랑이라고 정하여 이와 관계있는 삼국유사 설화를 먼저 골라 보았다. 선덕여왕을 비롯해 도화녀, 문희, 보희, 천관녀, 희명 등등 퍼뜩 생각나는 여성만 찾아도 하루 답사가 모자랄 만큼 많았다. 참고문헌을 찾아 자료를 만들며 대강 코스를 정했다. 코스명도 정했다. 예를 들면 '삼국유사'의 '선덕왕 지기삼사'편 이야기 속 현장인 영묘사지, 여근곡, 첨성대, 사천왕사지, 낭산의 선덕여왕릉 등을 한데 묶어 '선덕여왕 코스'라고 이름짓는 식이었다.

10여 페이지의 참고자료를 만들고 내가 잘 모르는 곳에 대해서는 경주의 여러 전문가들에게 전화로 자문을 구하기도 했다. 하루 전날 남편의 도움을 받아 함께 리허설삼아 사전답사도 했다. 코스별 시간도 재고, 이동경로를 수정하기도 하면서 나름대로 치밀한 준비를 하였다. 경주시청과 신라문화원에 들러 경주여행에 기본적으로 필요한 경주문화지도와 안내책자도 구하여 두었다. 답사전날 참고 자료를 미리 전자우편으로 보내면서 설화적 상상력과 국문학적 상식을 준비물로 갖고 올 것을 요구했다. 대신 볼거리에 대한 기대는 절대 하지 말라는 당부도 단단히 했다.

경주여행의 패러다임을 바꾸는, 작지만 의미있는 시도는 이렇게 시작되었다. 흥분된 기분에 하루 잠을 설쳤다.

경주 여행, 패러다임을 바꾼 코스

초여름 햇살이 유난스레 따가운 날이었다.

약속장소인 오릉에서 만난 여성학 대학원 교수, 학생들과 급하게 인사를 나누고 대강의 코스와 일정을 이른 뒤 바로 여행길에 올랐다.

이날 일정은 내가 만든 '선덕여왕 코스'에다 하루 일정에 맞춘 경주 시내의 역사적, 특히 여성사적 인물들의 현장을 여행하는 것이었다. 오릉을 지나 흥륜사를 지나면서 멀리 선도산을 바라보며 선도성모를, 태종 무열왕릉을 가리키면서 문희와 보희 자매 얘기를 하였다.

오릉뒤 남천 냇가에 이르러 도화녀의 아들 비형랑 설화의 장소인 '귀교'가 있었을 법한 곳을 지나고, 밭둔덕의 천관사지를 바라보며 서러운 천관녀에 대한 얘기를 나누었다. 남천길을 따라 박물관 쪽으로 올라오면서, 왼쪽 남천 건너에 김유신의 생가터로 알려진 재매정을 보며 김유신과 그의 여성들, 혹은 여신들을 얘기한다. 아, 또 있다. 하늘을 바칠 기둥을 만들고자 한 원효와 요석공주의 인연터인 월정교지.

박물관 뒤쪽 효불효교터를 찾았다.

신라의 한 과부가 일곱 아들을 두고도 밤마다 남정네를 찾았다. 남천 차가운 물을 건너는 것을 안타까이 여긴 그녀의 아들들이 어머니를 위하여 지었다는 다리다. 어머니를 위해서는 효성 지극한 행실이나, 돌아가

신 아버지에게는 심한 불효인터라 후인들이 다리 이름을 '효불효교'라 지었다는 전설의 다리터였다. 박물관을 거쳐 지척에 있는 낭산의 선덕여왕릉을 올랐다. 사천왕사지에서 일제의 만행에 의해 철길로 두 동강이 난 사연을 들은 학생들의 표정이 분노와 회한으로 예사롭지 않았다. 모두 한 입으로 일제의 야만적 문화침략과 그 후의 우리 역사바로잡기가 얼마나 허술하였는가를 규탄하였다.

낭산 선덕여왕릉은 선덕여왕 코스의 마지막 장소였다.

교수와 학생들의 한결같은 제의로 선덕여왕께 4배의 절을 하고 여왕의 정치적 치적과 당대 여성들의 사회적 지위와 제도에 대한 여성학 대학원생다운 격렬하고도 진지한 토론을 들으며 한마디씩 거드는 기쁨도 누릴 수 있었다.

현대의 지혜로운 여성들과 함께 신라시대의 여성을 만나며 꿈결처럼 하루를 보냈다.

효불효교터라 알려진 남천의 돌다리. 교각이 있었던 곳엔 돌들만 흩어져 있다.

경주여행, 패러다임을 바꾸어 보니

경주 남산은 경주나 경주문화에 대해 아주 조금 관심이라도 있는 사람이라면 다들 한 번쯤 가보고 싶어한다. 최근 이곳이 경주역사유적지구로 세계문화유산에 등록되면서부터는 대중적인 관심을 더욱 받고 있다. 여성학대학원에서도 마찬가지였다. 그러나 처음 나는 경주남산은 일정에 넣을 수 없다고 단호히 말했다. 오늘의 여행테마에서 벗어나기도 하지만 남산은 쉽게 답사할 수 있을 정도로 만만한 곳이 결코 아니기 때문이라는 것이 그 이유였다. 제대로 경주남산을 보기를 원한다면 경주의 전문답사안내단체를 소개하겠다고 하였다. 그러나 그들의 간곡한 부탁을 어쩌지 못해 맛보기라는 단서를 붙여 탑골 부처바위를 찾았다.

남산에 관한 한 전문적인 안내능력이 내겐 없다. 책자를 들고 읽는 수준으로 안내할 수밖에 없었으나 바위 사면에 가득 들어 앉은 불상들의 장엄에 모두들 탄복하는 눈치였다. 이 정도는 남산을 겉핥기 한 정도임을 누누이 얘기하면서 훗날 더 많은 시간을 할애해 남산을 찬찬히 답사하면 남산에 대한 경외심을 절로 얻을 것이라는 말을 잊지 않았다.

여행의 목적은 새로운 곳을 찾아가 새로운 문화와 풍물을 접하고 체험하는 것이라고 소박하게 생각한다 하더라도 그 추억은 여행지의 기념품으로 더욱 오래 간다는 것이 평소 나의 생각이었다. 그런 의미에서 외지에서 경주를 찾는 분에게 반드시 안내하는 곳이 두 곳 있다. 경주유적을 보고 난 후 그 역사적 가치와 과학적 가치를 함께 확인할 볼 수 있는 신라역사 과학관과 가장 경주다운 기념품을 살 수 있는 민속공예촌이 그곳이다. 그럴 때 내가 꼭 하는 말이 있다. 이와같이 훌륭한 문화유적을 지켜낸 경주사람에 대한 감사를 반드시 해야 하는 것이 여행객들의 도리라고, 그래서 기념품 몇 점 장만하는 것은 그들에 대한 최소한의 예의요 보답이라고.

이번 답사팀도 어김없이 이곳으로 안내, 역사과학관을 둘러보고, 오늘 그들이 경주에서 얻은 것으로 값치면 최소한 한 사람이 기 만원 정도의 기념품은 사야 할 것이라고 협박같은 으름장을 놓았다. 내 깊은(?) 뜻을 이해한 일행들은 기꺼이 역사과학관을 둘러보는 수고를 해 주었고, 손에 손에 제법 많은 기념품을 사들고 내려와 주었다. 더구나 역사과학관과 민속공예촌에 대한 찬사와 감사를 아끼지 않는 그들이 고맙기 이를 데 없었다.

초여름 따가운 햇살에 콧등이 빨개지도록 다니며 익숙치 않은 여행가이드를 해 보았다. 고단하기 그지없는 하루였으나 평소 내가 꿈꿔온 설화테마의 경주여행 안내 경험은 생각만 해도 짜릿한 흥분같은 체험이었다. 고색창연한 문화유적과 그것을 만들어낸 선조들의 상상력의 산물인 이야기가 만나면 경주여행의 새로운 패러다임이 멋지게 만들어질 것 같은 예감도 썩 괜찮았다. 책 속에 잠자고 있는 무진장의 경주이야기들을 꿰어 보물을 만드는 일, 우리 몫이다.

신라인은 잘도 웃었다

신라인들은 어떤 얼굴을 하고 있었을까?

궁금하다면 가장 먼저 남산을 가볼 일이다. 남산에는 신라시대를 살았음에 분명한 친근한 우리 조상들의 얼굴을 만날 수 있다. 불상의 얼굴은 그 시대를 사는 평균인의 얼굴을 형상화한 것이라는 어느 문화학자의 얘기를 상기하면 더욱 그렇다.

배리 삼존불과 지금은 박물관에 있는 장창골 애기부처는 영락없이 신라시대 아기의 얼굴이다. 발그레한 볼살이 오동통 오른 화기로운 볼을 만지면 온기가 묻어날듯 따사롭고 복스럽다. 감실 여래상이나 선각아미타삼존불의 좌우협시보살, 신선암 마애보살유희상에서는 신라의 수더분하고 평퍼짐한, 그래서 여유로운 아줌마를 본다. 탑골 부처바위의 입상여래나 동면바위에 새겨진 광대뼈 약간 불거진 부처님과 좌우협시보살들, 아, 칠불암 삼존불과 동서남북 바위 사방에 새겨진 온화하고 신비로운 미소의 불상들은 참 인물 좋은 신라의 미남미녀들을 모델로 했을 것이다. 남산을 가면 골짝골짝에서 부처 형상을 한 신라인들이 기다린 듯 반가운 얼굴을 하고 있다. 그런데 그들은 한결같이 웃음 띄고 있거나 미소 가득 머금은 표정을 하고 있다.

'신라인의 미소' 하면 무엇보다도 영묘사터에서 찾아내 얼굴 모양 수막새가 떠오른다. 지금도 우리 이웃 어디서나 보는 친근한 미소의 백미다. 보리사 여래좌상이나 석굴암 본존불의 미소는 너무나 오묘하여 이 지상의 미소, 인간의 미소가 아니라 치더라도 대부분의 신라의 조형물에 새겨진 웃음들을 어떻게 해석할까? 심지어 괘릉에 가면 사자까지도 웃고 있지 않은가? 낙천적이고 여유로운 생활을 한 신라인들이어서 항상 웃음과 미소로 생활하지 않았을까? 그 여유는 물질적인 만족에서 오는 충만함 만은 분명 아니었을 것이다.

잘 웃는 조상의 후손답게 우리 경주인들은 웃음과 미소의 얼굴을 가질 일이다. 가슴에 '친절'이라는 명찰을 단다고, 노란 스마일 배지를 단다고 그것이 웃음을 대신할 수 없다. 거리에서 지나치는 아무나 보고도 웃음 주는 여유를 보이는 것, 그것이 역사문화도시의 긍지 지닌 시민으로서 가질 최선의 덕목이요 최고의 관광상품이다.

신라시대엔 사자도 웃었다

홈런왕 이승엽의 홈런 신기록 갱신 소식으로 스포츠 신문의 활자가 연일 커지고 있다. 43호 홈런이 터진 날, 여러 가지 재미난 행사가 있었고, 이승엽의 이름을 딴 여비 라는 이름을 얻은 새끼 사자도 덩달아 유명해졌다.

이 선수의 품에 안긴 그 귀여운 사자를 보니 괘릉의 네 마리 사자가 생각났다.

경주 괘릉은 신라 38대 원성왕의 능으로 현존 신라왕릉 중 가장 화려한 능의 하나다. 아라비아인의 모습을 한 무인석 1쌍이 있어 신라시대 서역과의 교류를 증거하는 사적지로도 꽤 유명하다.

그러나 나에게는 그 무인상보다 더욱 놀랍고 유쾌한 조각이 있으니 바로 네 마리의 사자들이다. 그들은 능 입구에서 능을 바라보며 서 있는데 좌우에 각각 2마리씩 마주 하고 있는 자리 배치이다. 네 마리의 사자는 각기 그 보는 방향이 다르다. 한 마리씩 동서남북 사방을 바라보도록 했으니 그 중 두 마리는 제 오른쪽으로 고개를 돌리고 서 있는 셈이다. 그렇게 고개의 방향이 달라지니 전체적인 몸의 균형도 달라질 수밖에 없는 것. 그래서 네 마리 사자 중 두 마리는 영락없이 '움직이는 사자상'이 되고 말았다.

마치 초원에서 잘도 노는 놈들을 잡아 증명사진을 찍으려다가 산만스런 놈들 때문에 스냅사진이 되고만 듯 그 움직임에 따라 뒤로 제껴진 몸과 다리 근육의 양감은 절묘하다. 게다가 그 익살스럽고 장난스런 표정이란. 함께 갔던 우리 아이들은 그들 사자 사이를 번갈아 오가며 얼굴을 맞대기도 하고, 눈에 힘을 주어 마주 겨루어 보기도 한다. 웃으며 드러난 이빨과 잇몸에 조심스레 손을 대보기도 하고, 목에 간지럼도 입히면서 참 잘도 데리고 노는 것이었다.

신라인의 예술관은 자유분방하고 천진스러운 이 사자들의 몸놀림처럼 유쾌한 일상에서 온 것은 아닐까.

괘릉의 사자들과 놀다 온 후 며칠동안이나 그들의 등짝을 쓰다듬었던 손에는 온기가 남아있었다.

일연선사의 나라사랑

삼국유사의 저자 일연선사가 태어나고 살았던 13세기 초엽부터 말엽까지 고려말 시국은 어지럽기 짝이 없었다. 최충헌을 비롯한 무신들은 피싸움이나 하고 있었다. 본 바 없고 배운 바 없는 몽고가 두 차례나 쳐들어와 그 무지한 오랑캐 발자국으로 우리 국토를 유린하니 내우외환이 끝이 없었다. 의지할 데 없고 굶주린 백성들은 허기를 달래며 서글픈 청산별곡 곡조에 몸을 싣고 정처 없는 유랑 생활을 하고 있었다. 그 시대 최고지식인 계층인 문신들은 정국에 적극적으로 나설 방도도 의지도 없어 술이나 꽃이나 책이나 벗삼아 노래하며 은둔하여 때를 기다리는 나약한 삶을 살 뿐이었다. 난국을 타개할 영웅은 어디에고 없었던 암울한 시대였다.

이 때 고려의 부흥과 개혁을 위한 역사인식을 새롭게 한 사람이 둘 있으니 바로 이규보와 일연선사이다. 이규보는 그 시대 나약한 문신들과는 드물게 다른 인물이었다. 그는 진흙탕이나 진배없는 정치판을 정화하려면 뭇 사람의 손가락질을 받으면서도 차라리 청치판에 뛰어들어 입지를 확보하는 방법을 찾는다. 현실적으로 힘있는 이를 적극적으로 이용하고 그 기반 위에 민족의 의식을 깨우고 민족적 전통에 대한 새로운 평가를 할 필요성을 역설하여 지지를 얻었다. 그리하여 민족영웅서사시 동명왕편을 집필하였다. 그에게 있어서 힘있는 민족영웅의 모델은 다름아닌 고구려의 영웅인 동명성왕이었던 것이다.

이규보가 고려 민족성의 정체성을 고구려에서 찾고자 했다면 일연선사는 신라의 불국토에서 찾고자 한 선각자였다. 그는 무엇보다도 몽고에 유린 당하는 우리 문화유산을 가슴 아파했다. 그래서 사라져가는 문화유적 자료를 힘써 모아야겠다는 생각을 했다. 특히 민족 존망의 위기에 민족사의 주체성을 찾고 민족문화에 대한 새로운 인식과 각성이 긴요하다고 생각했고, 신라 천년 왕국의 이상이었던 불국토 사상의 부활이야말로 꺼져가는 고려왕조의 불씨를 되살릴 수 있는 유일한 정신적 힘일 것이라고 생각했다.

이런 일연선사의 민족정신과 주체적 인식에서 삼국유사는 기획되었다. 신라를 중심으로 고구려, 백제 등 삼국의 진실되고 신비스러운 역사와 각종 신화, 전설, 민담을 채록한 거대한 역사책이요 설화집이다. 특히 일연선사의 종교적 관심에 힘입어 삼국유사는 불교설화집이라 할 만하다.

일연선사의 발자취 따라 삼국의 불교사적을 따라 신라 천년 왕국, 현세에서 이룩한 불국토로의 시간 여행을 해 볼 만하지 않은가. 경주에서는 그것은 가능하다. 그래서 경주에 가면 한없이 행복하다.

효성과 보시의 업보윤회 - 불국사

경주를 가장 대표하는 문화재로 불국사와 석굴암을 꼽는데 주저하는 사람은 없을 것이다. 1995년 세계문화유산으로 등록되면서부터는 그 명성이 세계적 반열에 올려진 불국사가 실은 불심 깊고 효성스러운 사람에 의해 창건되었다는 이야기를 아는가.

불국사는 경덕왕 10년 김대성이 창건하였다고 하였다고 하는데 삼국유사에 전하는 이야기가 있다.

대성은 경주 모량리의 가난한 집에서 태어나 부잣집에서 품팔이를 하며 살았다. 하루는 그 부잣집에서 일을 하다가 '하나를 보시하면 만 배의 이익을 얻는다'는 스님의 말을 들었다. 어머니를 설득, 그 동안 품팔이하며 근근히 마련한 밭을 선뜻 시주하고는 얼마 뒤에 죽었다. 죽은 날 밤 하늘의 점지를 받아 재상의 집에 다시 태어났다. 손바닥에 전생의 이름인

'대성'이 쓰여 있어, 환생의 기적을 알게 된 재상댁에서 전생의 어머니를 모셔다 함께 살았다. 죽은 날 바로 태어났으니 그는 실로 죽은 것이 아니며 전생과 현생의 부모를 함께 봉양하며 살았으니 효성 지극한 삶을 살도록 축복받은 자였다.

그는 사냥을 좋아하였다. 사냥에서 곰을 잡은 어느 날, 꿈에 곰이 귀신으로 변하여 자기를 죽인 것을 원망하고 환생하여 대성을 잡아먹겠다고 위협하였다. 이에 대성이 용서를 청하자 곰이 절을 지어줄 것을 부탁하였다. 잠에서 깨어난 대성은 깨달은 바가 있어 사냥을 중단하고 불교의 가르침을 따랐다. 그리고 현생의 부모를 위해 불국사를 세우고, 전생의 부모를 위해 석불사(지금의 석굴암)를 세웠다 한다.

이 설화는 당시 신라인들이 인식한 불교의 업보윤회사상을 보여주는 중요한 이야기다. 기본적으로 불교의 인과응보관에 근거를 둔 이 업보윤회사상은 현세 인간의 모든 상황은 한결같이 과거에 했던 행동의 결과라는 것이다. 이러한 생각은 내세에 보다 좋은 삶을 위한 현세의 착한 행동을 고취시키는 취지를 내포하고 있다.

불국사는 대성의 효심과 불심만으로 이루어진 것이 아니다. 불국사는 인공적이든 또는 자연적이든 간에 절을 구성하고 있는 돌 하나, 나무 한 그루, 그리고 적절히 꾸며 배치된 모든 공간에 신라인의 한결같은 정성이 깃든 곳이다. 자신의 구원, 부모의 명복과 같은 연약한 인간의 비원에서 비롯하여, 나아가 국가와 민족의 안녕, 부처의 가호, 그 모든 것을 비는 절실한 신라인의 염원이 이 불국사를 이룬 정성들이다. 이러한 정성으로 이룩된 불국사는 신라인이 그린 불국, 즉 이상적 피안의 세계 그 자체라 하겠다.

불국을 향한 염원은 대개 세 가지로 나눌 수 있다. 하나는 법화경에 근거한 석가여래의 사바세계 불국이요, 다른 하나는 무량수경 또는 아미타경에 근거한 아마타불의 극락세계 불국이요, 또 하나는 화엄경에 근거한 비로자나불의 연화장세계 불국이다. 이 세 가지 염원이 각각 대웅전을 중심으로 하는 한 모서리, 극락전을 중심으로 하는 한 모서리, 비로전으로 종합되는 전체의 구성을 통하여 불국토 사상을 건축물로 현현시켜 놓은 것이다.

불국사는 절이나 단지 절이기만 한 것이 아니다. 그것은 신라인의 불국토 사상의 한 형체요 생활이며 정신이요 정성의 구현이다.

철길로 동강난 우리 역사 — 사천왕사지

사천왕사는 신라 문무왕 19년(679)에 명랑법사의 발원으로 세운 사찰이다. 이곳 일대는 사천왕사를 짓기 전부터 신유림이라 하며 신성하게 여겨 왔던 곳이었다. 《삼국유사》 선덕왕 지기삼사조(善德王 知機三事條)에 사천왕사와 관계있는 재미있는 설화가 있다.

27대 선덕여왕이 죽기 전 "내가 죽으면 도리천에 묻어 달라"고 했다. 도리천이란 불교에서 말하는 수미산 꼭대기, 즉 사왕천 위에 있는 부처님의 세계인데 어떻게 인간이 그곳에 무덤을 만들 수 있을 것인지 어리둥절해 하고 있을 때, 여왕이 "낭산 남쪽 기슭이 바로 도리천이다"라고 알려주어 그 말을 따라 낭산 남쪽 기슭에 여왕의 능을 만들었다. 여왕이 죽은 지 31년 후에 왕릉 아래인 이곳에 사천왕사를 세우게 되었으니 여왕의 예지에 감탄하지 않을 수 없다 후인들이 말한다. 삼국을 통일한 뒤 동맹국이었던 당나라가 침략해 오자 부처님의 힘을 빌어 이를 막고자 하는 염원으로 창건되었다.

지금은 일제가 일제강점기에 사천왕사의 호국사찰의 원력을 없애고자 하는 악랄한 만행으로 기찻길을 내면서 절터 대부분이 파괴되었다. 작은 당간지주를 지표 삼아 사천왕사지를 들어가면 오른쪽으로 푹 꺼진 개골창에 2수의 귀부가 목 잘린 채로 처박혀있고, 절터로 오르면 우거진 잡풀 속에 금당터, 목탑터, 경루 등의 주춧돌만 남아있어 쓸쓸하기 그지없다.

사천왕사지 앞 개골창 돌미나리 밭에 목 잘린 채 숨죽인 귀부

《삼국유사》문호왕법민조(文虎王法敏條)에 기록된 사천왕사 건립설화를 보면, 삼국통일 직후인 679년(문무왕 19)에 창건되었으며, 망덕사보다 5년 앞서 건립되었다고 한다. 675년(문무왕 15) 당나라는 설방을 장수로 삼아 50만 대군으로 신라에 침공해 왔는데, 이를 막기 위하여 이곳에 비단으로 거짓으로 절을 만들고 풀과 나무로 오방신상을 만들어, 명랑법사가 12명의 명나라 승려와 함께 문두루비법을 쓰자, 교전도 하기 전에 풍랑이 일어 당나라 배가 모두 물에 가라앉았으므로, 이곳에 사천왕사를 짓고 국가의 진호를 위한 국찰로 삼았다고 한다.

망덕사는 신라가 사천왕사를 지어 부처님의 힘을 빌어 당나라의 군사를 몰아내니, 이에 크게 노한 당태종을 달래기 위해 그의 복을 빈다며 지은 절로서 당 사신 악붕귀가 다녀간 뒤, 32대 효소왕 때 완성된 절이다. 현재 절터에는 도래솔에 둘러싸인 당간지주와 주춧돌들이 남아 있다.

역사 바로 세우기라는 민족적 과업은 진정 사천왕사지를 지나는 기찻길부터 없애는 데서 비롯될 것이 아닌가? 이따끔 선덕여왕을 찾아, 그 분의 문화정기를 얻고 싶을 때 사천왕사를 가면 일제와 우리 민족사학의 나태에 함께 분노와 슬픔을 느낀다.

철길로 동강난 사천왕사지. 이곳도 황룡사 마냥 황량하긴 마찬가지다.

야단법석(野壇法席)-사천왕사지

2001년이 다 저물어 갈 이즈음, 어떤 이는 도무지 무슨 영문인지도 모를 정국을 빗대어 오리무중(五里霧中)이라고 했다고 하고, 뉴스라고 들리는 것이 들을수록 그 썩은 악취가 심해지니 점입가경(漸入佳境)이라고 했다고 한다. 해마다 연말이 되면 어김없이 다사다난(多事多難)하다며 한 해를 정리한다지만 그것 못지않게 떠오르는 말이 또 하나 있다.

바로 야단법석이란 말이다. 사전에서는 야단법석을 '많은 사람들이 한곳에 모여 몹시 소란스럽게 구는 일'이라고 풀이하고 있어 다소 부정적으로 이해되지만 그 어원은 사뭇 다르다. 한자로 야단법석(野壇法席)이라고 쓰면 '들판에 임시로 설치한 법회 자리'란 뜻으로 풀이되니 따로 사연을 가지고 있는 말이라는 것을 알 수 있다.

신라 문무왕 때 오랜 전쟁을 거쳐 겨우 삼국이 통일할 즈음, 당나라가 신라를 침공해 온다는 첩보가 입수되었다. 50만이나 되는 당군을 물리치기 위해서는 군사력도 중요하지만 당대의 큰 의지처인 불법을 빌려야겠다는 중론이 모였다. 명랑법사라는 큰스님이 경주 낭산 자락 신유림에 큰 절을 지으면 될 것이라고 왕께 아뢰었다. 절을 짓기에는 시간이 너무 촉박하다고 걱정을 하자 비단을 둘러 임시로 절을 꾸미고 풀로 동서남북과 중앙을 지키는 오방신상을 꾸려서는 당나라 군사를 초전에 물리치는 비법을 썼다. 그 덕에 당나라 군사를 모두 물리칠 수 있었다. 뒤에 정식으로 그 자리에 절을 지어 사천왕사가 되었는데 우리나라의 대표적 호국사찰이 된 유래가 이러하다. 그때 임시로 들판에 지은 절에다가 불단을 만들어서 법회를 열었다는 데서 야단법석(野壇法席)이라는 말이 유래되었다.

법석이란 스님의 설법자리로서 마땅히 엄숙한 자리다. 하지만 국가의 존망이 위태로운 때, 온 나라의 왕과 신하와 종교지도자와 국민이 함께 힘을 합하면 이루어지지 않을 것이 없을 것이며, 또한 그 원력을 모아야 한다면 많은 사람이 모여야 할 것이고, 자연히 시끄럽고 떠들썩한 자리가 될 수밖에 없었던 데서 그 뜻이 지금과 같이 바뀌게 된 것이 아닌가 생각한다. 지금 그 야단법석의 현장은 우리 사는 곳 가까이 경주 낭산 남쪽 사천왕사지에 있다. 비록 목 잘린 귀부와 당간지주, 절터의 주춧돌만이 황량한 겨울 풀섶에 묻혀 초라하기 그지없지만…

그 어원을 거슬러 본다면 야단법석은 단지 시끄럽고 소란스러운 자리를 의미할 뿐 아니라 뭔가 나라와 민족을 위하여 뜻을 합하고자 하는 사람이 많이 모인다는 뜻임에 분명하다.

그러나 요즈음의 야단법석은 전혀 그렇지가 아닌 듯하니 한심한 노릇이다. 어제도 오늘도 무슨 게이트니, 무슨 리스트니 하는 뜻도 모르는 말들이 신문과 TV에서 난무한다. 활자는 굵어질 대로 굵어져 눈을 어지럽

히고, TV 속 뉴스를 전하는 기자들의 격앙된 목소리로 보아 무슨 큰 사단이 나긴 난 모양인데 도무지 시끄럽기만 하다. 정치권의 문제인지 경제계의 문제인지도 모르겠으니 오리무중(五里霧中)이기도 하다. 시간이 지나면서 점점 더 많은 이들이 줄줄이 엮어 나오게 되니 점입가경(漸入佳境)도 맞다. 게다가 더없이 시끄럽기도 하고 떠들썩하니 분명 많은 사람들이 나와 소란을 피우기도 하는 모양이니 야단법석을 짓는 것이기도 하리라.

하지만 그 옛날 사천왕사를 지어 나라와 국민의 안녕을 도모하는 야단법석의 자리는 아닌 듯한 것이 분명하니 한없이 유감스럽다.

분황사에서 듣는 세 가지 이야기

"저희들은 고을 안 동쪽과 서쪽의 연못에 사는 두 용의 아내들입니다. 당나라 사신이 사람 둘을 데리고 와서 우리의 남편과 분황사 우물에 있는 용을 작은 고기로 바꾸는 요술을 부려 데리고 가버렸습니다. 임금이시여. 부디 우리의 남편들이 돌아와 우리와 함께 살 수 있도록 해 주소서."

원성왕 11년 당나라의 사신이 신라 서울로 와 한 달이나 머물다 간 이튿날이었다. 두 여인이 왕을 친히 뵙기를 청하더니 눈물로 간청하는 것이었다. 왕은 놀랍고도 괘씸했다. 그렇잖아도 나라에 가뭄이 들어 고민스럽던 차에 신라의 호국룡을 셋이나 데리고 가다니…

왕은 그들 일행이 어디쯤 간 것인가 알아보게 한 후에 지금의 대구 인근하 양쯤에 있음을 알고 친히 뒤쫓아갔다.

"너희들은 어찌하여 우리나라 용을 세 마리나 잡아 데리고 가느냐? 만약 돌려주지 않으면 죽어 마땅하리라."

겁이 난 사신의 부하들이 통 속의 고기 세 마리를 황황히 바쳤다. 세 곳의 물에다 놓아주니 각각 물에서 한 길이나 솟구쳐 즐거워하는 몸짓을 하면서 제 살던 연못으로 돌아갔다.

분황사를 들어서면 바로 눈 앞을 가리는 큰 모전석탑이 있고, 그 뒤에 작은 우물이 있다. 그 우물을 가리켜 삼룡변어정(三龍變魚井), 혹은 호국룡변어정(護國龍變魚井)이라 하는데 바로 이와 같은 설화를 간직하고 있어 이름지어진 우물이다. 신라를 지키는 수호신인 용은 삼국유사 곳곳에 보인다. 분황사의 용도 그 중 하나였다.

무릎을 곤추고 두 손바닥 모아 천수관음전에 비옵나이다.
천 손에 천 눈을 가지셨으니 하나를 덜어
둘 다 없는 나에게 하나라도 주시옵소서.
아아, 나에게 주시면 그 자비 얼마나 크실 것인가.
경덕왕 때였다. 한기리에 사는 여인 희명(希明)의 아이가 5살 되자 갑

분황사의 신록이 싱싱하다. 모전석탑 넘어 뒤쪽에 삼룡변어정이 작게 보인다.

자기 눈이 보이지 않게 되었다. 희명은 그 아이를 안고 분황사로 달려왔다. 약사여래전 북쪽 벽에 천수천안관음보살이 보였다. 그 앞에 엎어져 울며불며 열심히 절을 하였다. 그리고는 이 노래를 지어 아이에게 부르게 하였다. '도천수대비가 또는 '맹아득안가'라 하는 향가가 바로 그것이다. 노래를 부르자 아이의 눈은 다시 보이게 되었다고 한다.

　분황사는 또한 저 거칠 것 없는 큰스님, 원효가 머물면서 <화엄경소> 등을 찬술하기도 한 곳으로도 유명하다. 원효스님 입적 후 그의 아들 설총이 그 화장한 유해를 가루로 빻아 진용을 만들어 분황사에 봉안해 두고 존경과 흠모의 뜻을 기렸다. 그런 연유로 현재도 분황사에서는 매년 음력 3월 그믐이면 원효대재를 성대하게 올린다.

백률사 종각. 1980년대에 조성된 종이 있다.

땅에는 염불소리, 하늘엔 꽃비- 굴불사지와 백률사

신라 경덕왕이 백률사로 가는 길이었다. 절이 있는 금강산 밑에 이르렀을 때 땅 속에서 염불하는 소리가 들렸다. 왕이 땅을 파보게 했다. 커다란 돌이 하나 나왔는데 그 돌의 사면에 불상이 조각되어 있었다. 동쪽에는 약사여래좌상이, 서쪽에는 본존불과 양 협시보살이, 남쪽면에도 불상, 북쪽에는 11면 관세음보살이 돋을새김으로 조각되어 있다.

그 자리에 절을 세우고 굴불사(掘佛寺), 즉 부처를 파낸 절이라 이름 지었다. '삼국유사 권 제3, 탑상, '사불산 · 굴불사 · 만불산' 조에 있는 이야기다.

백률사는 신라에 불교를 정착시킨 이차돈의 목이 떨어진 곳에 지은 절이다. 법흥왕이 큰 절을 지어 불법을 일으키려 하나 군신들이 찬성하지 않았다. 당시 26살의 젊은 신하였던 이차돈(박염촉이 원래 이름이다)이 스스로 죽음을 청하는 계책을 세워 왕을 돕고자 했다. 죽으면서 기적을 보이면 신하들이 놀라 왕을 따르리라는 결의였다. 왕이 차마 사람을 죽여서까지 도모할 일은 아니라고 말렸으나, "살신성인은 신하의 큰 절개입니다. 하물며 부처님의 햇빛이 밝아 황천의 도모함이 더욱 영원할 것이므로, 죽는 날이 오히려 살아나는 해가 될 것입니다."라며 왕을 감동으로 설득시켰다.

목을 자르니 머리가 날아가서 금강산 마루에 떨어지고 흰 젖이 목에서 수십 발이나 높이 솟아 햇빛이 어둑하고 하늘에는 꽃비가 내리고 땅은 크게 진동하였다.

후에 그곳에 절을 세워 그의 뜻을 기리니 절 이름을 백률사, 혹은 자추사라 했다. 절 법당 앞에는 커다란 바위가 있고 그 바위 아랫부분에는 사람의 발자국보다는 좀더 큰 발자국이 있다. 그 발자국은 백률사의 영험한 관세음보살상의 발자국이라는 설화가 삼국유사

백률사의 종에 새겨진 돋을 새김의 그림. 이차돈의 목을 자르자 흰 피가 솟구치고 하늘에선 꽃비가 내린다.

에 두 개나 전한다(삼국유사 권 제3, 탑상 '백률사' 조) 그 중 하나는 이 보살이 일찍이 도리천(33천의 하나로 제석이 있다는 하늘나라)을 올라 갔다가 돌아와 법당으로 들어갈 때 밟은 발자국이라는 이야기이고, 또 하나는 효소왕때 행방불명된 화랑인 부례랑과 안상을 구해 돌아오면서 남긴 발자국이라는 이야기와 함께 전한다. 이때에 보살이 그들을 구해 올 때는 신라삼보의 하나인 피리, 만파식적을 타고 왔다고도 한다.

지난 가을 '신라문화의 이해' 수업을 듣는 학생들을 데리고 굴불사지 와 백률사를 찾았다. 다소 비현실적이기는 하나 책 속에 전하는 이야기 의 현장을 찾아 마냥 신기해하는 학생들에게 '역사적 사실이 이야기로 변하는 것은 문학적 허구를 통한 또 하나의 인간 삶의 진실을 획득하는 방법'이라며 설화를 허무맹랑한 것으로 무시할 것이 아니라는 이야기를 강조하였다.

가을물에 가득한 구름사다리 - 오어사

삼국유사 '의해(義解)'편에는 신라 때 고승들의 행적 설화가 14편 실 려 있다. 그 가운데 혜숙과 혜공이라는 기이한 두 승려의 이야기를 전하 고 있는 것이 '이혜동진(二惠同塵)' 조다.

혜숙은 자기 다릿살을 베어 보여 당시 국선을 감화시키기도 하고, 진평왕의 부름을 피하여 거짓으로 여자와 동침한 모습을 보이기도 한다. 죽음에 임하여서는 구름을 타고 하늘로 가서, 무덤 속에 짚신 한 짝만 남겼다고 전한다.

혜공은 더욱 기이한 행적의 주인공이다. 가난한 노파의 아들로 태어나 남의 집 고용살이를 하면서 일곱 살때 주인의 병을 고치거나 주인의 마음을 짐짓 알고 행동해 이미 신령스러운 기미가 있었다. 출가해서는 미친 듯이 술 먹고 춤추기도 하고, 절의 우물에 들어가 몇 달을 살아도 옷이 젖지 않았다고도 한다.

혜공은 또 영묘사의 선덕여왕을 사모하다 불귀신이 된 저 애틋한 지귀의 사랑이야기인 심화요탑 설화와도 관련있다. 미천한 신분의 역부인 지귀는 제 분수도 모르고 선덕여왕을 사모한 나머지 다 죽어가게 생겼다. 하루는 선덕여왕이 영묘사에 행차했다가 지귀의 간절함을 듣고 불렀다. 미리 절에 가서 탑 아래서 여왕을 기다리다 추위에 떨던 지귀는 그만 깜빡 잠이 들어버렸다. 여왕은 잠든 지귀의 가엾은 마음을 읽고 팔찌를 벗어 그의 가슴 위에 얹어주고 궁으로 돌아갔다. 잠이 깬 지귀는 자신의 어리석음에 기절해 버렸다. 지귀의 가슴 속에서 불덩이가 나와 탑을 에워쌌다(心火繞塔)가 불귀신이 되었다 한다.

혜공은 이 사태를 진작 알았다. 그래서 그 불나기 며칠전 혜공은 풀로 새끼를 꼬아 영묘사에 갔다. 금당과 경루와 남문의 낭루 등을 새끼로 묶고는 사흘 뒤에 풀라고 이르고 떠났다. 사흘 뒤에 선덕여왕이 영묘사에 행차하고 지귀의 심화로 탑을 태웠으나 새끼를 두른 곳은 한 곳도 불길이 미치지 않았다 한다.

이 혜공이 현재 포항 오천의 항사사에 있을 때 원효가 종종 다니러 와서 찬술에 대한 논의도 하고 말장난을 하면서 놀았다고 한다. 하루는 혜공과 원효가 시냇가에서 물고기와 새우를 잡아먹고 돌 위에 변을 보자 혜공이 한 말이 다음과 같다.

"당신이 눈 변은 내가 잡은 물고기요.(汝屎吾魚)"

이 말에서 연유하여 절의 이름을 항사사에서 오어사(吾魚寺)로 바꾸었다고 한다. 당대 최고의 지성 원효가 모르는 것이 있으면 물으러 갔을 정도로 혜공은 지식이 높았으며, 원효의 변을 자신이 잡은 물고기일 거라 말하는 여유에서 보듯이 그 법력도 원효보다 한 길 높았을 것이라고 일연은 삼국유사에서 적고 있다.

오어사는 삼국유사에 나오는 절 이름 가운데 몇 안되는 현존 사찰의 하나이다. 혜공 · 원효 · 자장 · 의상 등의 당대 최고의 네 승려가 기거했던 곳이었다. 경내에는 대웅전을 비롯한 13동의 집이 있으나 여유로운 설화에 비하여 현재의 절모습은 초라하고 스산하다. 자장암 · 원효암 등의 부속암자가 더 운치있다.

오어사가 있는 산은 그 이름도 아름다운 '구름사다리산'. 산과 계곡이 너무 험준하였기에 이들 네 스님께서 늘 구름을 사다리 삼아 서로 왕래하였으므로 산 이름을 운제산(雲梯山), 즉 구름사다리산이라 부르게 되었다 한다. 운제산을 지키는 운제성모가 있다는 얘기도 전한다.

지난 주 어느날, 오어사의 늦가을은 참으로 눈부셨다. 가을 물(秋水) 가득 담은 드넓게 푸른 호수, 높은 절벽, 그 위에 단풍 든 나무들과 함께 구름사다리 산이 물 속에 잠겨 있다.

원앙 두 쌍이 원효교 아래에서 호수 가득 내려앉은 가을산을 여유로이 헤집으며 단풍놀이를 하고 있었다.

부처님 오신 날

어떤 광고가 생각난다. 호젓한 길을 걸어가고 있는 비구니 스님 곁을 수녀님이 자전거를 타고 스쳐간다. 잠시 후 수녀님이 되돌아와 비구니 스님을 태우고 같이 가는 그림같은 풍경이 아름답다. 그런 그림은 광고에나 있고, 현실적으로는 실현 불가능할 듯하다. 그러나 그렇지 않다.

아주 친한 친구가 있다. 독실한 기독교 집안에서 자랐다. 시댁은 카톨릭을 모태신앙으로 가진 집안이다. 친구는 세례도 받아 아그네스라는 예쁜 세례명도 가지고 있다. 아이들도 모두 세례를 받게 하였으며, 집안에 정갈하게 성모상도 모시고 있다. 가까이 지내는 신부님이 로마로 유학을 가셨을 때는 집으로 초청, 식사를 극진히 대접하고, 자주 편지도 주고받는 걸로 알고 있다.

그러면서 또 허물없이 지내는 스님 친구도 몇 분 있다. 스님을 식사에 초대한 친구집에서 함께 식사하고 차를 마신 적도 있다. 동안거, 하안거를 해지하고 속세로 나오시는 스님이 참 존경스럽다고 얘기한다. 그 친구는 3대 봉제사도 정성스레 준비하여 그 때마다 음복을 나눠받는 재미도 있어 앞뒷집 이웃의 덕을 톡톡히 본다.

불교종단에서 운영하는 유치원 원장님을 며칠 전 만났다. 부처님 오신 날을 화제로 삼아 얘기를 하던 중에, 이웃한 성당의 수녀님들께서 오셔서 같이 연등을 만들었다는 얘기를 듣다. 그 유치원에서는 식사 때 다른 종교를 가진 아이들은 따로 자리를 만들어 각자의 종교의 방식 대로 식사기도를 하게 한다고 한다. 아름다운 배려가 아닐 수 없다.

집 가까이에 작은 절이 있다. 그 절 부근에도 예외없이 연등꽃이 만발하였다. 그리고 참 희한한, 그러나 유쾌한 현수막을 보았다. 부처님 오신 날을 기념하는 별 특별하지도 않은 현수막이다. 그러나 그 현수막 아랫단에 아무개천주교회라고 쓰여져 있는 것이 아닌가. 부처님 오신 날을 기념하여 천주교회에서 그 절 옆 큰길가에 축하 현수막을 커다랗게 걸어

놓은 것이다.

유치원 원장님께 그 말씀을 전해 드렸더니 절집 부근에도 성당에서 현수막을 걸어놓았는데 그 문구가 '봉축 부처님 오신 날 할레루야' 라고 되어있더라며 껄껄 웃으신다.

부처님 오신 날이 얼마 남지 않았다. 종단마다 큰스님들께서는 법문을 발표하시고, 거리마다 알록달록 연등이 줄지어 달려있다. 온누리에 부처님의 자비가 충만하였으면 한다.

가난한 불심(佛心)이 복받으라

신라 때 욱면이라는 여자 종이 있었다. 신심은 누구 못지않으나 종의 신분이라 주인을 따라 절에 가서도 불당에는 들어가지 못하고 뜰에서 염불을 했다. 주인은 자기 직분도 모른 채 절에 와서 염불을 하지 않는 욱면이 마땅찮아 하기 벅찬 분량의 일을 시켜 절에 못가도록 했다. 그래도 욱면은 할 일을 모두 마치고 절에 가서 염불을 게을리하지 않았다.

하루는 욱면이 절 뜰 좌우에 긴 말뚝을 세우고 자신의 두 손바닥을 뚫어 줄을 꿰어 합장한 채로 오가며 염불했다. 그때 하늘에서 들린 소리, "욱면은 법당에서 염불하라." 스님들의 인도로 법당에 든 욱면은 천장을 뚫고 서쪽으로 날아 육신을 버리고 부처가 되었다.

신라 사람 김대성 역시 궁벽하기 짝이 없는 종의 아들이었다. '하나를 보시하면 그 만 배를 얻으리라.'는 한 스님의 축원을 듣고 어머니를 설득, 집의 전재산인 밭을 시주했다. 곧 이어 죽었으나 재상의 집에 다시 태어나 전생의 어머니를 현세의 부모와 함께 모셨다. 현몽으로 장수사도 세우고, 전생의 부모를 위하여 석불사를, 현세의 양친을 위하여 불국사를 창건했다. 김대성은 한 몸으로 두 세상의 부모에게 효도하고, 보시의 장한 징험을 실천으로 보인 인물이다.

석가모니 부처님께서 보시의 예로 자주 거론하신 말씀으로 '빈녀일등(貧女一燈)'이 있다. 가난한 여인이 부처님을 맞이하기 위해 밝힌 단 하나의 등불 이야기. 바람이 불어 다른 등불은 다 꺼져도 그 여인의 등불만은 꺼지지 않아 더욱 빛났다고 한다. 보시라는 것이 결코 양의 많고 적음과 관계없이 항상 응분의 분량으로 기준을 삼는다는 것을 비유하는 이야기로 자주 거론된다. 앞서 가난한 욱면의 부처님께 향한 정성스런 염불이나 김대성의 보시도 모두 응분의 분량으로 측정한다면 천하 제일의 부자가 전재산을 보시한 것에 견줄 만한 것이다.

보시란 널리 베푼다는 뜻이다. 보시라는 행위는 탐욕을 없애는 공덕이다. 재물을 베푸는 것은 아끼는 마음을 가지고는 행할 수 없으며, 애착의 마음을 가지고는 불가능한 것이니 불자로서 마땅히 수행해야 할 공덕이다. 우리가 흔히들 말하는 보시는 불사에서 기부금을 내는 것, 즉 물질적 보시인 재시를 이른다. 재물의 많고 적음은 인간으로 어찌할 수 없는 것이나 자신이 가지고 있는 것을 얼마나 많이 베풀 수 있는가는 신심에 따른 것이라 할 수 있다.

그러나 현실적으로 절에 가면 보시는 많으면 많을수록 좋은 것이라는 인식을 하고 있는 듯하다. 신심의 진실성이 물질적 척도로 가늠되는 것이다. 따라서 절에서도 빈부의 심한 격차를 본다. 부처님 오신 날 달게 되는 연등이 보시의 다과에 따라 그 크기가 다른 것은 상식이다. 대부분의 절에서는 보시의 액수가 많은 신도는 항상 특별 대접이요, 심지어는 사회적 명성에 따라 신도에 대한 대우도 다르다는 얘기도 많다. 사회적 명성과 물질적 부가 절에서도 대접받는다는 것은 분명히 부처님께 누가 될 일이다. 누구나 존중해야 할, 아니 오히려 가난한 자의 편이 되어야할 우리의 절이 천박한 자본주의적 척도를 본받는 것은 가난한 불자로서 심히 유감스럽다.

모두들 극락가소서

아미타경에는 서방정토라는 극락에 대하여 자세히 소개되어 있다. 부처님이 기원정사에서 사리불을 상대로 아미타불과 그 국토인 극락세계의 공덕 장엄을 말씀하신다. 아미타불의 명호를 부르면 극락세계에 왕생한다시고, 마지막에는 6방의 많은 부처님네가 석존의 말씀이 진실한 것을 증명하시며 특별히 왕생을 권한 경전이다.

"여기서 서쪽으로 10만 억 국토를 지나서 한 세계가 있으니 이름을 극락이라 한다."고 소개되어 있다. 그래서 극락은 서쪽에 있다고 믿는다.

서방정토를 다스리는 분은 바로 아미타불이다. 오랜 옛적 과거세에 세자재왕불의 감화를 받은 법장이 2백 10억의 많은 국토에서 훌륭한 나라를 택하여 이상국을 건설하기를 기원하였다. 48서원을 세워 자기와 남들이 함께 성불하기를 소원하면서 장구한 수행을 거쳐 성불한 이가 바로 아미타불, 혹은 무량수불이다. 이같이 장엄하고 아름다운 극락은 고된 인간 고해를 지나 죽음을 맞게 되는 이라면 누구나 가기를 원하는 곳이다.

신라 문무왕 때 광덕과 엄장이라는 우정이 돈독한 두 사문이 있었다. 둘은 극락으로 먼저 가는 이가 남은 이에게 알리기로 약속한 사이였다. 어느 날 해질 무렵 엄장의 귀에 창 밖에서 광덕의 소리가 들렸다.

"나는 벌써 서방정토로 가네. 그대는 평안히 머물다 속히 나를 따라오도록 하게."

멀리 구름 밖에서 하늘의 음악소리가 들려오고 광명이 땅에까지 뻗쳐오는 장엄을 보았다. 엄장이 광덕의 집으로 가 보니 과연 광덕은 죽어 있었다. 평소에 광덕은 매일 밤 몸을 단정히 하고 정좌하여 아미타불의 명호를 염송하기도 하고 십육관을 짓기도 했으며 달이 창 밖에 들어오면 그 달빛에 올라 그 위에서 가부좌하기도 한 자였다. 그런 광덕이 평소 왕생을 기원하면서 부른 향가가 원왕생가이다.

달님이시여, 이제 서방까지 가셔서
무량수불 전에 일러다가 사뢰소서.
다짐 깊으신 존을 우러러 두 손을 모아
원왕생 원왕생 그리워하는 사람 있다고 사뢰소서
아으, 이 몸을 남겨두고 48대원 모두 이루도록 하시옵소서.

신라 경덕왕 때 화랑을 지도하면서 향가도 짓는 멋쟁이 스님 중에 월명사가 있었다. 그가 머물던 사천왕사에서 달밤에 길가에 나와 피리를 불면 하늘의 달이 그 피리소리에 반하여 운행을 멈추어 그 동네가 유달리 환해졌다는 이야기도 있다. 그의 이름도 그에 연유하여 월명이라 지은 것이다. 그에게 앳된 누이가 있었는데 일찍 죽었다. 누이를 위하여 재를 올릴 때 제망매가라는 향가를 지어 불렀다.

생사의 길이 여기 있으니 두려워지고,

나는 간다는 말고 못다 이르고 가야 하는가

어느 가을 이른 바람에 여기저기 떨어지는 나뭇잎처럼

한가지에 나고서도 가는 곳을 모르는구나!

아으, 미타찰에서 만나 볼 나는 도 닦아 기다리련다.

인간의 죽음 앞에, 그것도 지친의 죽음 앞에 두려움과 원망심이 어찌 없겠는가마는 월명사는 착한 누이의 극락왕생을 확신하며 그 역시 열심히 불도 닦아 극락왕생하기를 기다리고 있었다. 우리 보통사람이 장엄세계 극락을 갈 줄 미리 알 수 있다면 죽음이란 때로 기다려질 만도 한 것인가.

올가을 들어 유독 가까운 이들을 영결하는 의식에 자주 참례하게 된다. 떨어지는 낙엽이 그래서 더욱 심상찮게 보이는 요즘이다. 그러나 신심 얕고 글 짧은 나는 그들을 위한 노래 한 줄 쓸 수가 없다. 가는 이 모두의 극락왕생을 기원한다.

민심이 천심

국민의 정부라는 구호에도 불구하고 이 정부는 유독 국민에 의한 것이 아닌, 오히려 국민을 이용만 하는 정책을 많이 내놓고 있는 듯하다. 그러니 하는 일이란 것이 정작 내용을 알고 보면 헛구호에 지나지 않음을 드러내 실망을 주곤 한다.

전임 대통령의 아들을 광복절 특사로 사면할 것인가의 문제로 며칠간 여론이 뜨거웠던 적이 있었다. 들끓는 반대의 여론을 무시하고 그는 결국 사면되었고 뻔뻔한 얼굴을 한 채 기고만장인 행태는 보는 이를 오히려 부끄럽게 한다. 사면 전 대통령은 국민들의 여론을 듣기 위하여 종교계의 지도자 등 각계 지도자들의 의견을 듣기도 하고, 자식을 키우는 부모의 심정으로 고민하고 있다고 기사들은 전하고 있었다. 그런데 국민의 여론에 따르겠노라면서도, 여론을 깡그리 무시하고 사면할 양이면 여론수렴은 왜 하는 척하는가. 과거와의 화해를 위한 정치적 결단이라면 여론을 물을 필요없이 독단해도 충분치 않은가.

지금과 같이 구호로서 국민의 정부 운운하지 않아도 되던 절대왕권의 신라시대에도 국난이 있거나 변괴가 닥치면 왕은 종교계 지도자들에게 자문을 구하는 것을 서슴치 않았다. 삼국유사와 같은 역사적 기록물에는 그와 같은 사례가 많이 전하고 있다.

경덕왕 때 두 스님이 있었다. 한 분은 하늘에 두 해가 나타나는 변괴가 있자 향가 도솔가를 지어 물리쳐 준 월명사. 왕은 인연있는 스님인 그를 만나기 위해 친히 거리로 행차하여 기다리는 예의와 정성을 다하였다.

또 한 분은 충담사. 위의 있는 스님을 만나기 위해 성밖까지 행차하시어 만난 남루한 승려 충담사는 미륵세존께 차공양을 하고 돌아오는 길이었다. 왕이 백성을 다스려 편안히 할 노래를 지어 주기를 청하자 즉시 지어 바친 노래가 바로 향가 안민가이다.

임금은 아버지요 신하는 사랑하실 어머니요, 백성은 어리석은 아이라 하실지면 백성이 그 사랑을 알리이다. 꾸물거리며 사는 물생에게 이를 먹여 다스린다 이 땅을 버리고 어디 가려 할지면 나라 안이 유지됨을 알리이다. 아아! 임금답게 신하답게 백성답게 할지면 나라 안이 태평하리이다.

여론에 겸허한 임금이라면 충성스런 이 말씀을 충실히 들었을 것이다. 지금 우리 대통령과 정부가 구호로서가 아닌 제몫하기를 이 노래와 같이 한다면 어찌 씨랜드 참사로 어린아이를 가슴에 묻는 참척을 당한 후 국가로부터 받은 훈장조차 반납하고 이 땅을 떠나고자 하는 모정의 눈물을 볼 것인가. 전임 대통령의 아들이 헌금한 돈을 부정하다고 받지 않으려 한 복지단체의 결단이 어찌 어리석은 백성일 수 있는가. 이 모두 천심을 가진 민심이라는 것을 알아야 진정 국민의 정부가 아닐까.

관음보살이 여성인 이유

보살은 원래 깨달음의 뜻을 가진 보리와 중생을 뜻하는 살타의 합성어, 즉 보리살타의 줄임말로 깨달음을 구하는 사람이라는 뜻을 가진다. 원래 보살이라는 의미에는 성별 구분이 없었다. 대자대비를 서원으로 하는 관음보살은 관세음보살 혹은 관자재보살의 줄임말로 세간의 소리(音)를 보는(觀) 이, 지혜를 관조하므로 자재한 묘과를 얻는다는 뜻을 지닌 이름이다. 곧 중생에게 온갖 두려움이 없는 자비를 베푸는(施無畏) 성인으로 탄생설화 속의 관세음보살도 여성이 아니었다.

이 보살이 한국 불교계에서는 여성신도를 통칭하는 말로 쓰인다. 한국불교에서 여성은 곧 깨달은 사람, 보살인 셈이다.

우리나라에서 보살이 여성으로 인식된 것은 신라시대의 불상에서 쉽게 확인된다. 보살은 신라시대의 불상 중에서 대부분 아름다운 여체로 조형되었다. 경주 남산의 부처바위 남면 입상은 풍성한 둥근 얼굴에 어깨는 넓고, 가슴은 부풀어 오른 반면에 허리는 몹시 가늘다. 상대적으로 풍성한 엉덩이와 두 다리로 이어지는 양감은 고혹적이기까지 하다. 칠불암 마애삼존불의 좌우협시보살도 하나같이 아름답고 화려한 외양과 머리와 목의 장식, 팔찌와 옷의 주름이 있어 여성으로 형상화되어 있음을 한눈에 알 수 있다. 삼릉계곡의 마애관음보살상이며, 선각 아미타삼존상의 좌우협시보살, 선방골 석조삼존불의 관세음보살과 대세지보살도 부드러운 미소며 몸의 장식이 모두 여성의 자태를 지니고 있다. 특히 석굴암의 십일면관음보살상은 그 아름다움이 이들 보살상 중 단연 압권이다. 어떤 현학자는 그 완벽한 조화미에 반하여 미스 통일신라라 명명하지 않았던가?

보살의 여성성은 단지 이들 조형물에서만 확인되는 것이 아니다. 신라시대의 문학작품과 설화 속에서도 관음보살은 여성으로 현신한다. 삼국유사 탑상편에는 여성으로 현신한 관음보살의 이야기가 많다. 아이 젖먹여 보살핀 중생사의 관음보살, 남백월산의 두 성인 노힐부득과 달달박박 앞에 차례로 나타나 이들의 깨달음을 시험하고 성불하게 한 낭자, 의상과 원효 앞에 나타난 흰 옷의 여인들, 이들은 모두 관음보살의 화신이었다. 눈 먼 아이 어미의 애끓는 간청의 노래를 듣고 자애로운 눈길을 돌려 아이에게 광명을 준 이도 분황사 북벽에 그려진 사랑의 보살, 천 개의 손과 눈을 가진 천수천안관음보살이었다.

원래 성의 구분이 없던 보살, 혹은 관음보살이 여성으로 현현된 것은 관음보살의 자애와 지혜의 성정이 여성성과 일치된다는 인식 때문일 것이다. 중생의 아픔과 괴로움과 슬픔을 보듬고 감싸고 어루만져 주는 관음보살은 포용력 있고 자기희생정신이 남성보다 월등 강한 여성의 성정이라고 우리 선인들과 불교인은 인식하였던 것이다.

다가오는 새세기, 온 인류가 평화롭고 더불어 잘 사는 길은 관음보살
의 대자대비한 불성의 어루만짐, 혹은 그 관음보살의 현신인 이 세상 여
성 보살들이 주도적으로 만들어 닦을 길이 아닌가 한다.

디지털 시대의 불교

우리나라에서 이동통신 기기인 휴대폰이 처음 대중적으로 알려지던
몇 년전이었다. 그 때 자주 볼 수 있었던 광고들의 컨셉은 대강 이런 것이
었다. 티벳쯤 되는 고산지역의 불당이거나 아니면 우리 나라 어디서든지
볼 수 있는 법당에서 스님들이 조용히 참선하고 있을 때 느닷없이 휴대
폰이 울린다. 또는 사색과 명상에 잠긴 큰스님과 고즈넉한 대숲길을 걷
는 중 휴대폰이 울리면 주인공 남자가 머쓱해하며 스님의 눈치를 보면서
휴대폰을 끈다. 이런 휴대폰 광고의 초기 컨셉의 방향은 아마도 산중의
스님들까지도 휴대폰을 사용할 정도로 이 휴대폰은 대중적인 기기다. 그
러므로 속세와 도회의 당신들께는 더 말할 필요도 없이 필수품이라는 정
도였을 것이다.

그러나 첨단 과학기술의 가장 반대편에 불교가 있다는 발상은 참으로
큰 오해이다. 오히려 어떤 종교이든지 간에 그 시대의 지배적인 역할을

하는 종교는 항상 그 시대의 첨단 문화를 주도적으로 이끄는 위상에 있었다.

활자의 발명이라는 첨단적인 문자화 사업을 계기로 지식이 급진적으로 확산되고 그것이 또한 종교혁명을 이루어내면서 인류의 생활과 문화를 근본적으로 변화시킨 예를 우리는 인류사에서 쉽게 확인해낼 수 있다. 우리 나라도 예외는 아니다. 현전 최고의 활자나 인쇄본의 문서들이 모두 불경 관련 책들이라는 사실이 웅변으로 증명하고 있다. 가까운 역사적 실례는 조선시대에도 있었다. 새로운 우리 문자인 훈민정음이 창제되자 가장 먼저 이루어진 국가사업이 각종 불경의 언해 사업이었다. 당시로서는 첨단적인 문자인 훈민정음으로 불경을 다시 쓰는 것이었다. 물론 그것이 세종대왕과 후에 세조가 된 수양대군의 불교에 대한 개인적 관심의 몫도 있었으나 본질적으로는 종교의 사회에 대한 영향력은 불교의 대중화에 있으며, 그 방법으로 경전 번역은 필수불가결한 점이라는 것을 일찍이 간파한 지혜가 있었던 것이다.

새로운 천년을 맞아 예상되는 가장 큰 변화 중의 하나는 디지털 정보기술의 발달에 따라 인터넷의 활용이 생활화되는 것이다. 이것들은 우리 생활을 혁명적으로 변화시키고 있고, 인류문명에 새로운 생활양식을 탄생시키고 있다. 어쩌면 오늘날의 디지털 기술과 인터넷 혁명은 지난 수천년 동안의 인류사를 순식간에, 그리고 단번에 바꾸는 위력을 가지고 있을 것임을 많은 학자들이 예견해왔으며, 실로 현재도 그 위력의 막강함은 날로 달로 생활 속에서 실감하고 있다. 우리의 일상을 지배하여 그것 없이는 하루라도 살 수 없는 통신수단과 각종 매체들도 급진적으로 디지털화되어 가고 있는 추세인 것이다.

이쯤에서 우리 불교도 하루바삐 디지털 세계로 진입되어야 할 것이다. 과거 세종대왕이 불경의 역경사업을 주도했듯이, 이제 우리 불교계와 학계는 온갖 불교정보의 디지털사업을 범국가적 사업으로 진행해야 할 필요성을 인식하고 서둘러 그 실천적 방안을 강구하여야 할 것이다. 새천년 벽두에 제시된 온갖 장미빛 희망도 준비하는 자의 몫임을 주지하자. 그 중에서 아무리 서둘러도 지나치지 않는 것은 우리나라 귀중한 문화적 자산이기도 한 불교자원의 데이터베이스 작업일 것이다. 지식정보의 선점이 새로운 시대의 최대 가치가 될 것이라는 인식을 하는 우리 불교계가 될 때 한국 종교의 선두주자의 위치를 고수할 수 있으리라.

팔만대장경의 CD타이틀 제작은 그 작업의 한 시작이라고 본다. 체계적이고 범불교적 차원의 관심과 지원을 촉구한다.

도둑을 위한 노래

나는 국민의 한 사람으로서 국회의원 그들에게 나의 이름을 빌려 준적이 없다. 또한 대부분의 선량한 나의 이웃들도 그들에게 이름을 빌려 준적이 없다. 또한 나와 나의 이웃들은 그들 국회의원에게 국회의원으로서의 소임 외의 그 어떤 소망도 한 적이 없다. 그들이 하고자 약속했고 또 할 수 있으리라 굳게굳게 맹세한 소위 공약 이외의 것은 바란 적이 없다. 한데도 불구하고 그들은 국민, 국민의 이름을 도용한다.

저들 정치꾼들이 소위 국회의원이랍시고 국회의사당엘 들어가서 이전투구할 동안 그들의 주인인 국민들은 어찌 살고 있는가?

그 동안 저들에게 이름 빌려 준 이름 없는 국민들은 상수도관에서 나오는 썩은 물이나 마시고, 자고 나면 올라가는 물가를 걱정하여야 한다. 걱정도 이젠 지쳐 포기상태일 지경인데도, 공공 요금은 또 오를 기세이다. 브레이크 없는 것은 물가뿐이 아니다. 비만 조금 오면 영락없이 버려지는 폐수, 그 바람에 떼죽음 당해 허옇게 떠오른 물고기들의 사진은 우리 나라 환경오염의 현주소요, 대명사가 된 지 오래인 듯한데도 도무지 브레이크 걸릴 기미가 안 보인다. 이틀 정도 내린 비로 농경지가 침수되어 한해 농사를 망치는 순박한 농민의 한숨 섞인 생계 걱정이나, 도로가 침하되거나 산사태로 유실되는 현실 앞에 불안한 도시민의 생활이 어제 오늘의 일이 아니나, 여기에도 브레이크 없기는 매 한가지다.

결국 사회 곳곳에서 불거진 사회적 갈등은 증폭되기만 하고 해결의 조짐은 보이지 않는다. 갈등 가운데서의 국민들의 생활은 올바른 삶의 방향을 잃은 혼미의 와중에 있을 수 밖에 없는 것 아닐까?

신라시대 제 33대 성덕왕과 제 38대 원성왕대 연간에도 이와 같은 혼미의 시대가 있었다는 기록이 삼국유사에 있다. 여러 왕들에 의한 왕위 계승에 대한 집착과 왕권에의 도전 또는 그것의 쟁투로 말미암아 사회가 극도로 불안하였던 모양이다. 그리하여 모반사건이 빈번히 일어났다. 이러한 모반사건은 권력 쟁투욕에서 나온 인위적 재앙인 셈인데 , 그것이 사회적 불화와 불안을 조성하여 일반 백성에게도 심각한 영향을 끼쳤다고 일연은 삼국유사에 적고 있다. 경덕왕 때의 심한 가뭄과 기근, 혜공왕 때의 충해와 가뭄, 원성왕 연간의 갖가지 자연적 재앙은 바로 백성의 생계를 위협하여 파탄케 만들었다. 굶주림을 이기지 못한 백성들은 도적이 될 수 밖에 없었다 하고, 도둑과 관련한 이야기와 노래를 옮겨 적어 후세의 귀감을 삼는다 하였다.

제 마음의 모습이 보이려거든,
일원조일 달이 난 것을 알고, 지금 수풀로 갑니다.
다만 잘못된 것은 강호님, 머물린들 놀라겠습니까?

병기를 마다 하고, 즐길 법일랑 듣고 있는데,

아아, 조그만 선업은 아직 턱도 없습니다.

이 향가는 삼국유사에 전하는 우적가라는 노래다.

성품이 골계스럽고, 물욕에 얽매이지 않고 향가를 잘하는 스님 영재가 깊은 산에 숨어 들어 일생을 마치기 위해 지리산으로 가다가 대현령이라는 고개에서 60여 인이나 되는 도둑떼를 만난다. 도둑들이 칼로써 위협하나 영재는 그 칼날 앞에 조금도 두려워하는 빛이 없고 화기롭게 대한다. 도둑들이 이상히 여겨 그 이름을 물으니 영재라고 답한다. 도적들이 평소에 향가 잘 짓는 그의 이름을 들은 지라 노래 짓기를 청하자 이 노래를 지었다고 하며 도적들이 그 뜻에 감동하여 사례로 비단 두 필을 주자 영재는 그것을 땅에 던지며 이렇게 말한다.

"재물이란 지옥의 근본임을 알고 있고 깊은 산으로 피해 일생을 보내려 하는데 어찌 받겠소?"

도적들이 또 그 말에 감동되어 모두 다 가졌던 칼과 창을 버리고 머리를 깎고 영재의 제자가 되어 같이 지리산으로 숨어 들어가 다시 세상에 나오지 않는다.

우리는 이 이야기에서 제행무상, 제법무아, 일체개고, 열반적정의 사법을 깨달은 영재와 탐진치 삼독에 싸여 고통과 아집에 빠져 있는 도적들의 대조를 선명히 본다. 영재는 제도해야 할 중생을 눈 앞에 두고 있고, 도둑들은 빼앗김을 두려워하는 가진자로서 인식되는 스님을 앞에 두고 있다. 이러한 적대적인 대립이 영재의 노래로써 친화적인 관계로 반전되고 결국 도둑은 영재에게 있어서 절복의 대상에서 섭수의 대상으로 바뀌게 되어 오히려 아름다운 사제의 관계를 맺게 된 것이다. 절복이란 상대의 잘못을 강하게 책망함으로써 그 만심을 깨뜨리고 미혹을 깨우쳐 주는 일이며, 섭수란 부드럽게 타이름으로써 납득시키는 일을 말하는 것으로 불경 승만경 십수장에 나오는 말이다.

남의 생명을 위협해서 남의 것을 빼앗고자 하는 탐심에 젖어 있는 도적일지라도 지옥으로 가는 근본이 재물에 있다는 영재의 말에서 거룩한 종교심의 발현을 목도하지 않을 수 없었던 것이다.

욕심에 눈 어두워진 인간생활, 그 혼미의 와중에서 올바른 삶의 방향을 찾고, 또 찾게 만드는 것이 종교라고 할 수 있다.

불교적인 관념의 틀에서 본다면 영재는 노래를 방편 삼아 대중을 접촉하여 그들을 올바른 곳으로 인도하는, 곧 하화중생을 실천한 그 시대의 현인이었다고 할 수 있을 것이다.

이제 다시 우리 시대의 부끄러움을 이야기하지 않을 수 없다.

정치 · 경제 · 사회 · 문화계 어느 한 곳, 도둑 없는 곳이 없는 이 혼미의 시대를 깨우쳐 질타하는 절복이어도 좋다. 부드럽게 타이르는 섭수는 차라리 바라지도 말자. 누가 우리 국민 모두의 이름과 소망을 도둑질한 저들을 절복하는 이 시대의 국민의 대표라고 하던가.

중생이 보살 사바가 정토

　온 나라가 총체적 위기감에 빠져들어 비상구가 없어 보인다.

　법을 만드는 입법기관인 국회는 위법을 자행한다. 그 위법을 적발하고자 하면 형평성 운운하며 정치적 갈등을 유발시키고 있음을 모르고 있다. 뿐만 아니라 그들은 이제 국민들이 그들을 철저히 외면하고 있다는 사실도 모르고 있다. '큰 정치가는 국가의 미래를 걱정하나 작은 정치가는 내년의 승리만을 걱정한다.' 미국 정가의 격언을 그들에게 상기시켜 주고 싶으나 그런다고 달라질 그들도 아닐 성싶다. 경제적 위기는 수 년만에 다시 더 할 수가 없을 정도로 심각하다고 한다. 공공요금의 무차별 인상이 주도한 물가고는 수직 상승하는데 반하여 한 국가의 경제 지표라 할 수 있는 주가는 수직 하강하고 있는 형국이란다. 실로 나날이 오르는 물가에 서민들은 이제 장보기가 두려울 지경인데도 상인들은 또 경기가 말이 아닐 정도라며 우는 상을 펼 줄을 모른다.

　그런데도 불구하고 며칠간 온 나라를 들쑤셔 놓았던 한총련 사태는 도대체 나라가 어디로 나아가고자 하는 것인지 갈 바 모르는 지경임을 여실히 보여 주고 있는 최적의 증좌이다. 신성해야 할 대학 교정이 왜 정치적 투쟁의 장으로 변모할 수 밖에 없는가. 그 현실이 안타깝고, 또 그런 사태를 슬기롭게 대처하지 못하고 오히려 더 큰 폭력 사태를 자초한 정부의 무모하고 비조직적인 진압 작전도 실망스럽기 그지없다. 지금이 어느 땐데 ─주사파 세력이 신봉하는 북에서는 굶주림을 못이기어 남하하는 동포가 매일이다시피 기자회견을 하고 있잖은가─ 해묵은 이념 논쟁이나 하여 젊으나 젊은 날을 허송세월할 것이며, 또 지금이 어느 때라고 학생들을 달랠 줄을 모르고 혈기방자한 그들에게 군작전을 방불하는 폭력진압으로 상대하였던가. 이쪽저쪽 그 어느 편도 잘한 것 하나도 없는 중에 애꿎은 젊은이의 죽음과 시위 현장으로 빌려주었던 대학교의 파괴 상만이 서글픈 역사의 한 줄에 기록될 뿐일 것이다.

이렇게 꼽다 보면 온 나라 안이 아수라와 같아서 무슨 구제할 방도가 없어 보인다. 그러나 그것은 세인들이 생각할 수 있는 사고의 한계일 뿐이다. 문제 있으면, 거기에 답의 실마리가 있는 법이니 이 시대 우리의 문제, 나라 안팎의 것 뿐만 아니라 인간 모두의 문제에도 해결법은 있게 마련이다. 그것은 곧 불교정신의 회복이다.

불교에서는 지금 우리 인간이 사는 이같은 곳을 곧 사바라 하며, 사바 세계에 사는 어리석은 인간을 중생이라 일컬으나, '중생이 곧 진불이며,

사바가 곧 정토이며, 현실이 곧 절대'라고도 했다. 불교에서는 현실이 즉 절대이므로 인간은 절대무한의 세계에 살고 있으니 절대세계를 다시 구할 필요가 없다. 단지 절대를 상대로 착각하는 망견만 버리면 이 세상은 인간살이에 가장 좋은 곳이라는 것이다.

그렇다면 망견은 어찌 버릴 수 있는가. 이 또한 간단하다. 인간은 본래 일체를 초월하고 일체를 구족한 절대적 존재, 즉 본래시불이다. 이 본래시불을 중생으로 착각하여, 행동하고 있음이 망견이니, 이것을 버리면 본래불인 인간 면목을 회복하는 것이 된다. 비유하자면 본래 깨끗한 거울에 일시적으로 끼어 있는 때 때문에 아무 것도 보지 못하는 것과 같은 것, 그 때만 닦아 버리면 그대로 드러나서 일체를 비출 것이므로 다른 거울을 구할 필요가 없듯이 인간도 마음의 거울을 덮은 때를 제거함이 곧 인간 회복이다. 깨끗한 거울을 닦으면 새 거울을 구할 필요 없듯이 본래의 청정한 인간으로 돌아 가면 인간의 모든 문제는 해결될 수 밖에 없는 것이 아니겠는가.

이와 같은 불교적 관점으로 본다면 작금의 이 정치 경제 사회적 혼란상도, 인륜 도덕이 부재하는 곳인 양 자행되는 갖가지 비인간적 행태도 모두 인간부재에서 기인한다는 것임을 알 수 있다. 그리고 그 해법은 인간의 존엄성 회복에 있음을 알 수 있다. 그러니 각계각층의 온갖 다른 모습을 한 다양한 일을 하는 인간이라도 본래의 모습은 모두 부처인 것을 깨닫고 마음닦이를 행함이 바로 사바를 정토로 가꾸는 첫길이요, 현재를 극복하여 참다운 인간 세상을 만드는 방도임은 자명한 것이다.

토인비도 '불교의 보살 사상이야말로 인류 구제의 길잡이'라며 병들 대로 든 현대문명의 해독제는 불교 사상뿐일 거라 하였다. 이는 중생이 본래 부처요, 현실 그대로가 극락세계라는 불교의 근본 정신 사상을 제대로 인식한 대역사가로서의 그의 예지적 식견이다.

마음의 눈을 크게 뜨고 마음의 거울을 닦는 실천이 바로 보살행이요, 참인간으로 사는 길이며, 성불하는 길이요, 미혹의 사바를 정토화하는 방편이요, 극락에서 사는 길이다.

양동마을의 교회당 풍경

나는 양동마을에 종종 가는 편이다. 큰 이모님이 살고 계셔서 천정 모친이 다니러 가길 좋아하기도 해 그때마다 동행하여 모시기 때문이다. 마을 입구에 있는 초등학교 건물까지도 골기와를 머리에 인 전통 가옥형으로 지을 정도로 그 마을은, 조선시대 전통 가옥을 문화재 차원에서 보존하고 있는 마을이다. 멀리서 보기에도 그러하지만, 실제 마을을 들어서면 더없이 아늑하고 고즈넉한 동네이다.

그런데 초등학교 건물을 왼쪽에 끼고 조금만 더 들어가면 마을 전체의 분위기에 전혀 어울리지 않아 생경하기조차 한 풍경을 만나게 된다. 은빛의 뾰족한 십자가 탑과 빨간 함석 지붕을 한 교회 건물이 거기에 서 있는 것이 전통적인 조선시대 양반 마을의 모습을 고스란히 간직해 내고 있는 양동마을에, 서양식 교회당의 전형적인 모습을 한 그 교회를 볼 때마다 나는 몇 가지 혼란스러운 느낌을 동시에 받게 된다.

그 풍경은 동양과 서양의 충돌 내지는 부조화를 마치 웅변으로 보여주는 것 같은 감을 불러일으키기도 하고, 종가댁에 시집 가 내리 딸 여섯을 낳은 이모님, 그 이모님께서 열심으로 다닌 교회, 마흔 나이에 얻은 귀하디귀한 아들은 그 덕에 얻게 된, 하느님께서 베푸신 은혜라는 이모님의 절대 믿음 등등과 겹쳐지면 교회가 어려운 곳에서 외롭고 힘든 역할 수행해 내느라 고생하는구나 싶어 묘한 외경심도 갖게 한다.

그러나 앞의 그 어떤 생각과는 달리 그 교회 언저리의 풍경이 마치 과거 언젠가의 생생한 체험 공간이었을지도 모른다는 생각에 미치게 되면, 거기서 어김없이 김동리의 소설 을화가 연상된다.

신앙을 달리 하지만, 어미 을화와 누이 월희에 대한 각별한 애정을 가지고 있는 영술이가 그 교회 안에서 고뇌 어린 기도를 하고 있는 모습이 보이기도 하고, 또는 이 마을 어느 외진 골목 안에 다 헐어빠져 폐가와 같은 을화의 집이 있을 듯도 하다는 착각을 한다. 그 쯤 되면 창백하고 고운

월희의 얼굴, 그 월희가 그리는 연꽃의 향내도 나고, 그런 월희가 사랑스러워 못 견뎌 노래하는 을화의 잠긴 듯한 목소리조차도 들리는 듯하다.

따님 따님 내 따님,
단지 단지 내 단지

소설 을화는 동리가 그의 단편인 무녀도를 개작한 장편이다.

한민족의 원시 종교이자 고유 신앙인 샤머니즘을 짧은 단편 소설로 형상화하기엔 뭔가 미진하고 부족하다고 판단, 여러 번의 개작 시도 끝에 '무녀도 이후 40년만에 을화를 탈고했다.'고 할 정도로 작자는 샤머니즘에 깊이 천착하였다 한다. 실로 무녀도와는 달리 을화에서는 을화가 무녀가 되기까지의 사연이 구체적으로 이야기되고, 여러 차례의 푸닥거리 혹은 오구굿 장면이 제시되며, 장황하리만치 긴 무가가 그대로 인용되기도 하여서 무녀도에서는 볼 수 없었던 작가의 샤머니즘에 대한 애정과 관심을 새삼 확인할 수 있게 된다. 심지어는 어미의 굿하는 장면과 그 굿을 구경하는 관중들의 모습을 보면서 영술마저도 자신의 기독교적 신관을 잠시 의심하게 될 정도로 을화의 베리데기오구굿 장면은 사실적이며, 감동적이기까지 하다.

무엇보다도 을화를 읽으면서 무녀도와 다른 감흥을 받은 것은 소설의 마지막 장면이다. 무녀도에서는 모화가 아들 욱이의 죽음 이후, 떨어진 영험을 회복하고자 큰 굿을 하게되고, 그 굿을 하면서 물에 빠져 죽게된다. 따라서 모화의 죽음을 샤머니즘의 패배로 해석할 수밖에 없었다.

그러나 을화는 그렇지 않다. 을화에서 을화는 죽지 않는다. 아들의 죽음을 인정하지 않는 을화는 굿을 계속한다. 그녀의 딸 월희가 떠난 밤에도 "을화의 집 처마끝에 달린 종이등에는 전날과 같은 희뿌연 불이 켜져 있었다"고 소설은 끝맺고 있다. 불이 켜진 종이등은 을화가 굿을 하고 있는 것을 의미하는 상징이라고 한다면 을화는 무녀도의 모화와 달리 죽지 않을 뿐 아니라 지금도 굿을 계속 하고 있을지도 모를 일이다.

을화의 죽지 않음, 또는 샤머니즘의 영원성을 을화에서 보면서 이모님의 신앙을 떠올리면 또 혼란스러워진다. 그러나 나는 이내 쉽고도 편하게 정리해 본다. 종가의 종부로서 4대 봉제사를 위하여 제수 장만하기를 일상 같이 하면서, 또 주일날은 빠짐없이 교회를 찾는 이모님에게 있어서 하나님은 어쩌면 기독교적 유일신이라기보다 또 한 분의 영험 있는 범신(汎神)이 아닐까. 아들 낳고자 하는 소망을 들어 준 영험 많은 신일 뿐인 것이 아닐까.

이런 생각에까지 미치게 되면 양동 마을의 교회당 있는 풍경은 생경한 부조화의 모습으로가 아니라 어쩌면 새로운 질서와 조화를 추구하는 상징적 모습으로 이해할 수도 있지 않을가.

앞으로도 자주 양동 갈 일 있을 터인데 그 때마다 양동 마을 들어설 때마다 나는 을화의 굿노래 가락과 영술의 기도 소리를 환청으로 들을지도 모를 일이다.

미르의 또 다른 부활

우리 위덕대학교가 위치한 경주시 강동면 유금리는 옛 신라 시대의 지명 유래담을 배경으로 한 설화 속에서 생긴 동네이다. 유금리는 신라의 한 왕(김부대왕, 곧 경순왕)이 용으로 승천하려고 이무기의 모습으로 이곳에 엎디어 있다가 한 지혜로운 아이의 도움을 받아 승천하면서 생긴 동네라는 설화가 바로 그것이다. 이무기는 용으로 승천하면서 형제산을 둘로 갈라 형산, 제산을 만들고, 형산강의 물꼬를 터 그 당시 이 지역의 만성적 재앙인 홍수 피해를 해결하였다 한다. 그 용의 승천으로 생긴 넓은 유금이들은 이후 계속되는 풍년을 누리게 되었다 한다.

이 설화에서 용은 두 가지 상징적 의미가 있다. 그 첫째는 원래 이무기의 모습으로 있던 왕이 승천을 하려면 인간 누군가가 용이라고 칭명해 주어야 한다는 것이다. 곧 백성이 지지하고 인정하는 왕이야말로 진정한 백성의 왕이 된다는 신라시대의 민본 사상을 상징하는 용의 승천이다.

그 용은 '백성에 의한 용'인 것이다. 여기서의 용은 물론 제왕을 상징한다.

그 두번째 의미는 용이 승천하면서 넓디넓은 유금이들이 만들어지고, 승천시 용틀임의 흔적으로 만들어진 형산강 덕으로 이곳의 홍수 피해가 해결되었다는 이야기의 맥락에서 찾을 수 있다. 백성의 지지를 받은 왕이야말로 백성을 위한 큰일을 할 수 있으며 백성의 고난을 해결해 줄 수 있다는 의미다. 바로 '백성을 위한 용'인 셈이다. 유금이들은 그 용의 덕으로 이후 오랫 동안 풍요의 상징들이란 것을 이 근방에 사는 농민들이 인정을 하고 있다.

또 한 가지 중요한 것은 그 용의 능력을 믿고 의지한 백성은 지혜로운 한 아이였다. 우리 나라 설화에서 아이는 미래의 희망으로서 고난에 빠진 백성을 구해줄 민중적 열망의 상징이다. 이 유금리 설화에서 용의 정체를 알아주고 믿어 그 이름을 불러준 이는 아이였으며, 그것도 지혜로운 아이였다. 그러므로 이 아이는 미래의 인재라는 의미로 해석하는 것은 무리가 아니다. 미래의 이 지역의 인재를 양성하고자 설립된 우리 위덕대학교의 설립의 당위성을 여기에서 유추해 볼 수도 있다.

따라서 용은 '백성을 위한, 그리고 백성에 의한' 성군의 용화 설화를 배경으로 한 지역에 위치한 위덕대학교의 지정학적 의미의 상징 동물이 될 만하다.

삼국유사 등의 신라 관련 역사 기록물에는 호국룡이 자주 등장한다. 만파식적 설화에도 문무대왕이 나라를 지키는 용이 되었다고 하면서 그의 아들 신문왕이 지은 감은사에 왕래했다는 이야기가 있다. 사천왕사와 망덕사의 연기설화에도 호국룡이 등장한다.

그런데 이들 여러 설화에 등장하는 용들이 수호하고자 하는 나라는 두 가지의 의미로 해석된다. 그 중 하나는 신라라고 하는 왕조 국가의 의미이고, 또 하나는 불국정토라는 불교적인 국가의 의미이다. 그 중 후자는 우리 위덕대학교의 설립종단인 진각종의 진호국가불사 정신과도 부합된다는 면에서 그 시사하는 바가 크다 하겠다.

따라서 유금리의 용은 통일 한국을 염원하는 국가적 호국의 상징물인 동시에 이 땅에 불국정토를 실현하고자 하는 우리 종단의 궁극적 불교정신이 우리 위덕대학교의 설립으로 구현되었다고 할 수 있을 때 그 상징적 의미역이 충분하리라고 본다.

우리 말은 우리 문화의 정수요, 요체이다. 이 땅에서 나서 살며 우리의 말을 쓰는 것은 지극히 당연한 일, 그런데 우리는 언제부턴가 우리의 고유어를 한자어나 생경한 서구 외래어로 바꾸어 쓰는 것을 부끄러워하지 않게 되었다. 그리하여 곱고 아름다운 우리의 고유어들은 사전 속에서나 찾아 볼 수 있게 된, 죽은 말 신세가 되어버렸고, 오히려 외래어보다 더 낯선 언어가 되다시피 하였다.

우리에게 이미 일상어가 된 용도 물론 한자어이다. 17세기 이전에는 이에 해당하는 우리 고유어가 있었으니, 미르 혹은 미루라 하였다. 은하수는 원래 용의 강이라는 우리 고유어인 미리내를 대체한 한자어이고, 미래의 부처를 뜻하는 미륵불의 미륵도 미르의 동의어다. 미륵불은 미래에 나타날 것이라고 믿는 용신불이다.

우리 위덕대학교의 상징동물을 용이라 한다면 이에 대한 순수 고유어인 미르는 용은 용이되 가장 한국적인 용일 수 있으리라 생각된다. 용은 우리나라 뿐만 아니라 동양의 많은 다른 나라에서도 사랑 받는 숭배동물인데 우리 식의 이름을 따로 가지고 있다는 사실은 그들 나라의 용과는 차별성을 가지고 있지 않을까.

대학 축제의 이름을 지으면서 우리 고유어를 애써 찾아 쓰고자 한 우리 학생들의 우리 말에 대한 사랑은 그런 의미에서 대단히 지혜롭다 하겠다. 학생들의 이런 작은 학문적 노력과 관심에서부터 우리것에 대한 자부심은 빛을 내리라. 그리하면 우리가 그토록이나 우려하는 문화적 사대주의도 조금씩 빛을 바래 가리라. 미르 축제여 영원하라.

지역문화가 경쟁력이다

경주에는 이채롭고 흥미로운 문화행사가 많다.

3월 보름에는 향가 찬기파랑가와 안민가를 지어 부른

충담사를 기리는 충담재가 열린다. 며칠전 9월 보름달밤에는

피리소리와 함께 제망매가를 부른 월명사를 추모하는

월명재가 운치있게 열렸다.

축제가 끝나도 충담사의 높고 향기로운 시정신과

월명사의 피리소리는 예나 이제나 변함없는

다향(茶香)과 달빛의 여운으로 남는다.

경주의 운치를 온 몸으로 느낄 수 있는

경주다운 축제가 아닐 수 없다.

밀레니엄 종 유감

새 천년이 이제 113일 남았다. 천년 단위의 역사적인 시점에 우리가 살고 있다는 것은 보통 기념할 만한 일이 아니다. 세계 각국이 몇 년 전부터 기념행사를 준비하고 있고, 우리 나라도 국가차원의 새천년맞이준비위원회가 조직되었고, 현란하다시피한 벼라별 기발한 기념 아이디어들이 발표되었다.

지방자치정부들도 나름대로 지역행사를 준비한다고 법석이라는 소식이다. 그런데 지방마다 특징적이고 색다른, 그래서 남같이 않은 행사를 준비하여야 할 것인데 그렇지 않은 것 같아 안타깝다. 그 중 하나가 지방마다 새 천년을 맞이하는 기념물로 대종을 만든다는 것이다.

물론 종은 가장 한국적인 소리를 내는, 가장 한국적인 웅대성의 상징물이라는 제작의 변을 전적으로 그르다고 할 수만은 없다. 우리가 세계를 향하여 자랑하는 1200년 전의 종, 가장 완벽하게 아름다운 여운의 소리를 내는 종, 종신의 아름다운 조각인 비천상만으로도 충분히 자랑스러운 종, 신비스럽고 애절한 설화를 간직하여 더욱 정감이 가는 이름을 가진 기념비적인 에밀레종을 본땄다는 것도 이해되지 않는 것은 아니다.

그러나 모름지기 기념물이란 것은 행사의 상징성을 가장 잘 드러낼 수 있는 형상물이어야 할 것이며, 시간성과 공간성 그리고 무엇보다도 기념행사 주체의 정신이 결집되어야 하는 것이라면 지방마다 너나없이 만들어대는 조형물로서의 대종은 분명 문제가 있다. 더구나 다가오는 세기를 창조적 지식의 시대라고들 입 있는 이들은 말하면서 기념조형물 하나 창조적인 예술 작품으로 기획 못한다면 말이 아닌 것이다. 1999년 현재 대한민국의 한 지방정부를 가장 상징적으로 나타낼 조형물은 없을까, 최소한 고민만이라도 해야 할 것은 아닌가 반성하였으면 한다. 천여 년 전의 대종을 대중없이 복사한다는 것은 참으로 창조적이고 예술적 식견을 가진 조상의 후예임을 부끄러워하여야 할 일인 것이다.

통일전에서 통일을 생각한다

경주 남산의 동쪽 자락에 통일전이 있다. 고조선 이후 분단된 우리 민족과 국토를 통일한 신라의 삼국통일 성업과 이를 이루어냈던 태종무열왕, 문무왕, 김유신 장군의 위대한 업적을 길이 선양하고 현대 우리나라 숙명의 과제인 분단조국의 통일을 기원하고자 조성된 성전이요, 기원 전당으로 1974년 박정희 대통령의 지시로 조성되었다고 한다.

그 후 여러 번의 정권이 바뀌었고, 그때마다 남북통일은 어느 정권이든 최대의 국정지표요, 숙원과제였으니 이곳은 응당 국가 수반이 국립묘

지 참배하듯 통일기원을 위해 참배하고 서원하여야 마땅한 곳이 아닐까? 그럼에도 불구하고 정작 통일전은 적막강산인 채로 20여 년 이상 '방치'되어왔다.

통일전을 한 번이라도 방문해본 사람이라면 알겠지만 통일전은 마치 미완성의 건축물인 듯한 인상이 짙다. 신라 삼국통일의 세 주역의 비석도 서체조차 통일되지 않아 엉성하기 짝이 없고, 세 분의 영정을 모신 본전인 통일전도 초라할 정도로 조야한 인상이다. 통일전을 가운데 두고 ㄷ자형으로 둘러져 있는 회랑에 전시된 17폭의 삼국통일 기념화는 이제는 박물관에 가야 마땅할 그림들이다. 연대순으로도 전시되어있지 않은 이 그림들은 관람객들에게 역사교육도 감동부여도 하지 못한다. 더구나 반야외 공간에 전시되어 있는 유리 액자 속의 그림들은 빛의 반사 때문에 그림으로서의 감상도 제대로 할 수 없는 불편을 주고 있다. 디지털시대에 걸맞는 전시물로 하루 빨리 교체되어야 할 것이다.

현 정부는 역대 어떤 정권과도 차별화된 통일정책, 이른바 햇볕정책을 쓰고 있으며, 그 정책은 평화로운 선의의 정책인데도 불구하고 국민적인 저항감도 다소 불러 일으키고 있는 것은 사실이다. 햇볕정책을 밀어붙이기보다는 통일의 정당성을 역사 속에서 찾는 지혜가 필요하다. 통일전의 재정비와 재활용은 그런 의미에서 대단히 긴요하다.

신라 향가비

그 숱한 신라의 유산 중에서도 특히 소중한 문학적 유산은 신라 노래 향가다. 향가는 천년 전 신라의 왕과 승려는 물론이고 여인, 젊은이, 늙은이 등 사회적 지위의 고하와 남녀노유를 막론하고 나라 사람 모두가 즐겼던 범국민문학

2000 경주문화엑스포 기간 중에 세운 처용가비.
경주문화엑스포공원 안에 있다.

이었다. 많은 향가작품이 있었을 것이나 현전하는 신라 노래는 단 14수밖에 되지 않으니 얼마나 귀하고 값진 유산인지 모른다. 더구나 작품마다 아름답고 애틋한 배경설화도 함께 전하고 있다. 그 속에서 신라인의 풍류와 의리와 신앙심과 사랑방식을 충분히 엿볼 수 있어 어쩌면 이보다 더 아름다운 무형의 유산이 더 있을까 싶을 정도로 매력 넘치는 가치를 지녔다. 이들 향가 설화의 대부분이 주로 현재의 경주를 배경으로 하고 있다.

이 훌륭한 무형유산인 향가를 향가비로 조성하여 유형적 문화자산을 만드는 것은 어떨까 한다. 역사문화적 무형적 유산을 유형적 관광자원화하는 것은 민족적 자긍심을 고양할 뿐아니라 청소년 교육의 장으로도 큰 의의가 있을 것이다.

현재 경주에는 한 기의 향가비가 있기는 하다. 1986년 선현현양사업의 일환으로 경주시와 문화재관리국에서 조성한 찬기파랑가 노래비가 그것이다. 그러나 그것은 일연현창향가비란 이름으로 조성된 것으로 삼국유사의 집필자인 일연선사를 기리는 의미를 가지고 있으니 엄밀히 얘기하면 신라 향가비라고는 할 수 없다. 더구나 찬기파랑가와 무관한 계림 숲 속에 있어서 그 의미를 찾기는 더욱 어렵다. 향가비는 향가문학공원이라는 이름의 테마공원을 조성하거나 개별작품의 배경현장을 중심으로 향가비를 건립하여 신라향가 여행상품도 만들어 봄직하다.

역사적 고증을 바탕으로 한 창조적 역사물의 건립은 새 역사를 만들어간다는 의미에서 과거의 유산을 소중히 보존하는 일 만큼이나 중요한 것이다. 경주는 새세기 역사문화도시의 중심도시로 거듭나고자 하는 야심을 가져야 할 것인데, 그 실천사업의 일환으로 신라 향가비 건립을 추진하였으면 한다.

황성공원과 경주시민

경주는 여론과 학계의 "환경 보존과 개발", "산업화와 문화보존"의 상극적 논쟁의 도마 위에 매우 자주 오른다. 문화 · 역사 · 환경학계가 경주에 그만한 관심과 애정을 가지고 있다는 증좌이니 참으로 고맙다. 그러나 종종 본질과 현장성이 괴리된 논의를 보면 안타깝다.

경주에는 황성공원이 있다. 몇 년전 그 부근에 실내체육관을 건립하면서 사적지 보존과 자연공원 훼손에 대한 여론 대립이 지역사회를 시끄럽게 한 적이 있다.

황성공원은 신라시대부터 신유림이라 불러 특별 관리되어온 사적지였고, 지금도 고목 울창한 도심공원이다. 그런 곳에 실내체육관이 될 말이냐고 여론주도층에서부터 시작된 반대운동은 극심했었다. 그러나 오늘날 황성공원은 박물관 등의 공공기관과 공설운동장을 비롯, 씨름장,

테니스장, 게이트볼장 등 경기장이 있는 레포츠 공원이다. 현재경주 시민들이 편안히 휴식하고, 각종 경기장 시설물을 이용하여 건강증진을 도모하는 생활공원, 여가공원인 셈이다. 충혼탑, 박목월 시비 등의 각종 기념물도 있고 해마다 목월백일장도 여기서 열린다. 황성공원의 기능이 이러하다면 실내체육관이 없을 이유도 없다. 더구나 실내체육관은 수림 울창한 공원 내에 짓는 것이 아니며 공원의 원래 형태를 전혀 손상시키지도 않았다. 그러나 아이러니컬하게도 정작 경주의 여론주도층의 그 누구도 황성공원을 가본 적이 없었던지 여론은 건립 반대로 기울고 기관과의 알력은 감정적 대립으로 비화되기까지 했었다.

이 해묵은 논쟁을 다시 한 번 끄집어내는 이유는 이런 논쟁에서 경주시민의 의사와 정서는 늘 소외되어 있다는 점을 지적하고 싶어서다. 경주시민들이야말로 조상대대로 살아왔고, 후손만대 살아가야 할 삶의 터전을 아름답게 보존하고 가꾸고 발전시키고 싶은 주인들임에도 불구하고 그들의 문제에 그들이 중심에 있지 않음을 종종 본다.

문화 정책이나 학술적 접근, 환경보존과 자연보호의 문제 등에 대한 공론화도 현재 경주시민의 삶의 질을 위한 것이어야 한다. 그렇지 않다면 아무리 좋은 정책과 대안도 공허할 수밖에 없다. 경주시민의 자발적 참여와 지긍심의 고취는 그들과의 공적 합의에서 비롯될 것이기 때문이다. 속내모르는 남들 부러워하는 이 아름다운 경주에서 경주시민은 오히려 어떤 배반감을 느낄지도 모른다.

경주에 살아 행복하다

지난 6월 초, 참으로 고마운 외국인 한 분을 만났다.

그는 미국 유타주에 있는 브리검영 대학교의 한국학과 교수이시다. 그 대학에서 한국학을 공부하는 학생들을 데리고 우리 경주의 양동마을에서 6주간의 현장수업을 하고 있던 차에 우리 대학에 특강을 오시게 되어 알게 된 분이다.

한국어와 한국문화에 대한 해박하고도 정통한 지식은 한국인인 나 자신을 부끄럽게 할 정도였다. 더구나 그 분의 경주에 대한 애정, 특히 양동마을에 대한 애정은 남달랐다. 경주 방문을 50여 차례나 하였으며, 이번 방문과 같이 학생들을 데리고 현장수업을 하러 격년으로 찾아온 적도 여러 차례였다는 말을 듣고는 차라리 숙연해지는 기분을 가지지 않을 수가 없었다.

경주만큼 아름답고 역사 깊은 도시, 또 공부하면 할수록 매력적인 도시는 세계 어느 나라에도 없을 것을 장담한다는 말을 여러 차례 하면서 그때마다 경주와의 인연은 자신의 인생에 있어 가장 큰 축복이라는 말을 하였다.

"나는 참 복 많은 사람입니다."

그렇다. 나 또한 경주에서 생활한 지 이제 6년 남짓 되었으나 만나는 사람마다 경주자랑을 하면서 빼놓지 않고 하는 말이 "경주에 살 수 있어 참 행복하다."는 말이다.

경주는 잘 알다시피 신라 천 년의 고도로서 숱한 신라문화의 역사적 유산을 가지고 있다. 신라 이후로도 현재까지 우리 나라 문화의 중심적 역할을 착실히 수행해 온, 명실상부한 문화도시임을 자부할 수 있다. 95년 불국사와 석굴암이 세계문화유산으로 등록되고, 또한 작년 남산과 황룡사 등의 경주역사 유적지구가 추가 등록된 것으로 알 수 있듯이 경주는 이제 경주인만의 것이 아니라 세계인의 도시가 되었다. 더구나 '98년과 2000년 두 번을 치른 경주세계문화엑스포는 경주가 21세기 문화관광산업의 메카로 거듭날 것임을 세계적으로 천명한 큰 행사였다.

또한 경주는 유사 이래로 농사를 숭상해 온 전형적인 농촌으로서의 역할을 착실히 수행해 온 고장이기도 하다. 농사를 천하의 큰 근본으로 삼아온 우리 선조들의 지혜를 숭상해 온 경주는 온갖 재해를 슬기로 대처해 온 곳이기도 하였다. 올해도 국가에 근 90 여 년만의 가뭄이 닥쳤으나 경주의 경우는 이에 대처한 선진적 행정으로 국내 다른 지역에서 예외없이 겪는 고통을 비켜갈 수 있었다.

예로부터 국가와 국왕을 일심동체로 인식한 우리 선조들은 국가나 고을에 경사가 있으면 제왕이나 혹은 고을 목민관의 음덕으로 기리고, 반대로 재앙이 닥치면 또한 그들의 부덕의 소치로 생각했다. 유구한 역사적 도시에서, 또 풍요로운 농촌에서, 한 번 더 세계적인 도시로 거듭나는 경주가 됨을 자랑스럽게 생각할 날이 오기를 바란다.

나는 경주에 살고 있으므로 참 복 많은 사람이다.

고추아가씨는 없다

가을이 되면서 각 지방마다 축제가 한창인 모양이다. 농산물이든, 어획물이든 지역특산물을 홍보하고 판매하는 특산물 축제를 비롯하여, 그런 특산물이 딱히 없는 도시들도 철좋은 이즈음에 풍성한 문화적인 행사를 기획하기 때문이다.

지역공동체를 이루는 지역민들이 중심이 되어 그들 한 해의 수확물을 널리 알리면서 동시에 한 해 동안의 노고를 자축하기도 하는 지방축제는 참으로 의미있는 행사라 할 수 있다.

기본적으로 농경사회의 전통이 강한 우리나라에서는 농사에 절대적인 영향을 가지는 것이 하늘이라 생각하고 하늘에 제사 지내는 제천의식을 정성스럽게 지냈다. 삼국시대, 또는 그보다 더 오래전부터 있었던 제천행사였던 고구려의 동맹, 예의 무천, 부여의 영고와 같은 국가적인 행사가 그것이다. 또한 농사 절기와 관계있는 축제도 많았다. 벼심기를 끝낼 즈음 가장 양기가 왕성한 날을 잡아 축제를 한 단오나 한해 수확한 농산물로 조상께 감사의 제사를 올리는 추석이 바로 전통적인 축제다. 또는 마을마다 부락공동체의 구심점이 되는 신을 기리는 엄숙한 제의도 가장 소박한 의미의 지방축제이다.

그러나 근래에 들어 축제는 그 성격이 아주 이상할 정도로 변한 감이 많다. 지역특산물을 홍보하는 방법으로 지역마다 너나없이 특산물 아가씨를 선발하는 것이 그 중 하나이다. 지역의 특산물을 홍보하는 방법은 그저 그것 하나밖에 없는 듯이 온갖 농산물의 아가씨들이 그야말로 홍수를 이룬다. 감귤아가씨, 능금아가씨 정도는 그나마 예쁘다. 영양고추아가씨, 의성마늘아가씨, 경주버섯아가씨들은 왠지 이름조차 민망하다. 고추아가씨는 영양뿐 아니라 충북 음성에도 있다는 것을 아는지?

그 뿐만 아니다. 축제마다 가보면 지역 특성이 전혀 없다는 사실에 놀라지 않을 수 없게 된다. 지역특산물을 홍보하고 그것을 수확하는 데 땀 흘린 농민은 간 곳 없고, 단체장을 비롯한 지역의 유력인사들이 행사장의 가운뎃자리를 점령하고, 축제보다는 오히려 그들의 얼굴을 알리는 게 목적인 것 같다면 지나친 표현일까? 여기서 지역민들은 소외자, 혹은 방관자가 될 수 밖에 없다. 게다가 전국 지역축제를 찾아 다니는 야시장 전문 상인들 등쌀에 지역민들은 오히려 주눅든 형상이다. 생산자라는 주체적 자리는 유명인사에게 뺏기고, 생산물을 홍보하는 주체적 위치는 또 그들에게 내주게 되어, 단지 야시장 소비자로 전락할 밖에 없다.

기회 닿을 때마다 이런 왜곡된 지역축제의 성격과 행태와 그 낭비성, 비효율성을 강력하게 비난했었다. 그런데 오늘 뉴스를 들으니 영양에서는 올해부터 아가씨 선발대회를 하지 않기로 했다 한다. 대신에 고추따기 체험, 고추말리고 가공하는 생산과정을 보여주는 등의 내실을 기한 행사로 대체하였다는 것이다. 참 반가운 소식이 아닐 수 없다. 거기서 한 걸음 더 나아가 지역민이 대동단결하는 축제, 그들이 지역축제의 주인인 축제, 그들이 행사의 당당한 주체자 역할을 되찾는 축제가 되었으면 한다.

지역문화의 해에 부쳐

제법 오래전인 것으로 기억된다. 모 방송사에서 기획한 신년특집극으로 마련된 생인손이라는 단막극을 본 적이 있다. 극의 내용보다도 그 극에 대한 광고 내용이 인상적이어서 바쁜 명절이었지만 짬을 내서 본 적이 있다. 그 내용은 다름이 아니라 '극중 대사가 지금은 완전히 사라진 서울지방의 사투리를 쓴다'는 것이었고 실지로 대사는 듣기에 좀 생소한 예전 서울지방어가 사용되어 대단히 인상깊었던 기억이 지금도 새롭다.

우리는 흔히 표준말을 서울말로 혼동하고 있고, 거의 대부분의 사람들이 서울말을 쓰는 것이 교양있는 사람의 도리인 것으로 생각하고 있다. 그러나 위의 예를 보듯이 서울지역어도 엄연히 일개 지역의 언어에 불과하다. 표준말을 정하면서 편의상 서울지역어를 그 기준으로 삼았을 뿐이다. 그렇게 본다면 표준어 정책은 어쩌면 지방어를 크게 훼손한 정책이기도 한 것이다.

언어의 경우만이 아니다. 우리 나라의 수도인 서울은 세계에 유례가 없는 기형적인 대도시이다. 우리나라의 정치, 경제, 사회, 문화의 중심지로서의 구실을 지나치게 욕심 내다보니 서울만으로는 모자라 수도권이라는 미명 아래 그 주변은 나날이, 다달이 팽창 확대되어 더없이 비대한 도시가 되어가고 있다. 정치, 경제, 사회의 중심지이고자 하는 욕심은 차치하고라도 문화의 중심지 역할까지도 하여야겠다는 욕심에는 할 말을 잃게 한다.

한 나라의 중심지라는 단어를 문화에 관한 한 딱히 쓸 일이 없다. 왜냐하면 어떤 문화의 중심지는 그 문화를 향유하는 지역이 될 것이기 때문이다. 한국문화의 대표성을 서울이 가지고 있을까. 그렇지 못할 바에야 서울은 우리나라의 문화의 중심지가 될 수 없다는 것이다. 지금 서울의 문화가 따로 있는가는 잘 모르겠으나 약 1세기전까지만 해도 송파산대놀이, 양주별산대 등등의 민속놀이가 전해지는 걸로 봐서 그 지역의 전통문화가 분명히 있었던 것이다. 그러나 지금, 서울의 문화로 그것들을 꼽는 자가 몇이나 될까. 서울은 서울의 지역문화를 말살, 왜곡한 가장 반문화적인 도시라는 오명을 감내해야 할 것이다.

올해를 문화관광부는 지역문화의 해라고 정하였다 한다.

그에 맞추어 지방단체마다 화려한 이벤트나 벌이면 지역문화의 해를 잘 치를 수 있겠다고 생각하는 모양인데 천만의 말씀이다. 먼저 서울에 비하여 상대적으로 온존한 지역문화에 대한 자긍심과 주인의식과 문화를 지켜내야 한다는 사명감을 지역민 스스로 인식할 수 있는 문화의식을 고취시키고, 거기서 그 문화를 보존하고 계승하고 문화상품을 생산하여야 할 것이다.

지역 축제는 지역민에게

정치, 경제, 사회의 서울중심주의는 언급하지 않겠다. 문화조차도 서울공화국의 독식이다. 문화의 수도권집중화 현상은 여전하여 문화기반시설, 문화행사의 서울집중은 말할 것도 없고 전국에서 거두어들인 문예

진흥기금의 80%를 서울에서 사용하고 있는 현실이 증명하고 있다.

문화관광부는 올초 2001년을 지역문화의 해로 정했다며 야단법석이더니 그 꼬리가 간곳없다. 구호에만 익숙한 우리 문화 기획의 졸속성을 여실히 보여주는 또 한 사례일 듯하다.

경상북도의 경우, 일찍이 문화를 지역경쟁력의 큰 축으로 보고 큰 국제 규모의 문화축제를 기획하여왔다. 98년과 2000년에 격년으로 열린 경주세계문화엑스포를 비롯하여, 올 10월 안동에서 열린 세계유교문화축제가 그것이다. 지역의 문화자원을 보존·계승하면서 한편으로는 경쟁력있는 문화상품으로 개발·육성하는 것은 단순히 구호로만 그친 문화의 세기가 아니라 실천적인 문화행정의 전범이 될 수 있다는 점에서 높이 살 만한 일이다.

그러나 문화자원을 가꾸고 문화상품을 고부가가치화한다는 것은 단번의 기획과 단기간의 투자로 만들어지는 것이 결코 아니라는 것을 두 번의 경주엑스포, 한 번의 유교문화축제에서 얻은 가장 큰 소득임을 알아야 할 것이다. 최소한 10년 이상은 지속적인 투자를 감당할 만한 중장기적인 계획이 있어야 할 것이다. 며칠간 몇 명의 관람객이 다녀갔으며, 얼마 만큼의 수입이 있었다는 등의 계량적 성과는 결코 중요한 것이 아니다. 이것은 좋은 잔치 벌여놓고 장삿속을 드러내는데 다름 아니다. 그런 의미에서 10년 계획을 세우고 3년을 준비하는 다음 경주엑스포에 대한 기대가 크다.

지역축제가 성공하려면 무엇보다도 먼저 지역민, 최소한 지역문화인이 그 행사의 주체가 되어야 할 것이다. 수도권의 저명한 문화계 인사를 축제의 중심적 기획자로 선정하는 것은 단번의 소득은 있을지 몰라도 결코 친지역적 발상은 아니다. 현재의 미숙성을 장기적 육성이라는 관점에서 투자와 지원으로 기다려주어야 한다. 언젠가는 경주에서 몇 년 이상을 장기공연하는 세계적 문화상품을 만들어낸다는 과감한 투자의식이 절실하다.

또한 무엇보다도 지방정부는 지원을 아끼지 않되, 지역문화는 지역문화인에게 전적으로 맡기는, 지역문화인에 대한 신뢰와 애정을 가져야 할 것이다.

억하심정

문화관광부는 올해를 지역문화의 해로 지정하였다.

'2001 지역문화의 해' 홈페이지에 있는 제정의 변은 대강 이렇다.

"지역문화란 오랜 동안 지역에 뿌리를 내리고 살아온 주민들의 문화"

이다. "그러나 우리는 너무나 오랫동안 중앙중심적 문화에 길들여져 왔"기에 "이제 새로운 지역문화, 각 지역의 특성에 맞는 지역문화가 주민을 가장 행복하게 할 수 있다는 인식을 가져야 할 때"라고 제정의 취지를 설명하고 있다. 구구절절 옳은 말이니 참으로 가상하기조차 하지 않는가.

이제야 서울사람 아닌 사람도 사람 대접 좀 하려나 보다, 지역의 문화예술인도 국가적인 지원 받으며 전국규모의 무대나 전시회도 얻을 수 있겠다. 그리고 제발 덕분에 사장되어 있는 훌륭한 지역문화자원도 발굴되고 인정받는 기회도 생기겠구나, 그 기대하는 바가 너무나 컸다. 또한 이런 좋은 기회에 우리 지역은 무엇을 할 것인가에 대하여 관계기관에 제안을 하기도 하였다. 특히 이 해를 분기점으로 하여 이제는 제발 그 지역특성이 전혀 없는, 그렇고 그런 지역축제는 지양하고 새로운 모델의 축제를 개발하자고 기회 닿을 때마다 외기도 하였다.

실로 문화권력의 서울 편중은 매우 심각하다. 지방에는 서울 만큼의 문화공간이 없는 것은 말도 말자. 연주회나 공연물, 전시회 등 제법 고급한 문화를 향수할 만한 권리가 지방사람에게는 아예 없다. 비싼 교통비와 시간을 쪼개서라도 서울 갈 수 있는, 경제적으로 대단히 여유있는 지방사람이 아니라면 그저 이따끔 시혜적 차원으로 감상할 수 있는 지방순회공연이나 전시회를 감지덕지하며 살아야 하는 것이 이 시대 대한민국에 사는 지방사람의 슬픈 문화 현실이다.

그래도 부족하나마 지방사람의 문화적 갈증을 해소해 주는 역할을 지역의 방송사들이 톡톡히 해왔다. 지역의 방송사는 그 특유의 지역밀착성을 바탕으로, 지방자치단체에 대한 건전한 견제와 감시기능, 지역의 전통문화에 대한 발굴 및 계승의 구심점 역할을 한다는 면에서 수도권의 그 어떤 방송사도 할 수 없는 기능을 다하고 있다. 지역문화의 거점으로서 지역의 문화적 발전을 담보한다는 점에서 지역방송사의 발전은 아무리 강조해도 지나치지 않는다.

　　그런데 이 무슨 날벼락 같은 일인가. 지역의 문화거점이며, 문화교류의 장이며, 지역문화의 발굴, 홍보, 계승하는 지역의 방송사들을 고사시키는 방송법을 만든다고 한다. 위성재방송을 수도권 방송으로 제한하겠다는 또 서울, 아니 수도권 중심주의 버르장머리가 슬그머니 나온 것이다. 아직 '2001 지역문화의 해'가 채 끝나지도 않았는데…

　　"중앙중심적 문화를 지양하고 지역민을 가장 행복하게 할 수 있는 지역문화를 선양하겠다"고 정한 지역문화의 해에 지역의 방송사를 수도권 방송에 예속시키는 방송법을 만든 건 또 무슨 억하심정인가?

이 참에 정말 분개하는 마음에서 내뱉고 싶은 말이 있다.

　　"지역문화의 해 맞아?"

술과 떡의 잔치마당

봄이면 온 산에 지천으로 피는 진달래로 두견화전을 지지고, 고운 분홍빛의 화채로 호사를 하며, 술을 담아 두견화주로 풍류를 한다. 송홧가루가 날리는 늦봄에는 보기에도 눈부시게 노란 송화다식을 만들고, 그 향기가 아까워 송화주를 빚는다. 여름날 100일을 핀다는 백일홍의 여린 꽃잎과 국화잎은 여름떡 증편 위에 피는 꽃 재료가 되고, 가을날 국화는 그윽한 향기의 국화주가 된다.

우리 술과 떡은 우리 조상들의 자연과 인간의 친화를 중시하는 대표적인 먹거리문화이다. 계절에 따라 지역에 따라 그 소재가 다양하고 그만큼이나 다양한 가짓수의 술과 떡이 있으니, 먹거리에도 자연을 담는 선인의 지혜와 낭만이 결집된 음식이 바로 술과 떡인 셈이다. 김치를 우리나라 음식의 대표성으로 얘기하나 역사로 치면 떡과 술보다 한참 아래이다.

언제 어디서나 우리나라 잔치에는 술과 떡이 있었다. 잔치뿐 아니라 나면서부터 죽음에 이르는 모든 통과의례 절차에도 그것들은 어김없이 있었다. 술과 떡은 우리 민족의 멋과 맛의 결정체적 문화인 것이다. 그러면서 우리의 술과 떡은 그냥 먹고 마시기만 하는 음식이 아니었다. 음식 이상의 사상과 상징과 철학이 그 속에 있다. 아이돌날 수수팥떡은 제액의 뜻이 있으며, 제사 후의 술 나눔은 조상의 음덕이 깃든 복을 마시는 의식이다. 가문마다 전해오는 떡이나 가양주에는 가문 내력과 전통이 함께한다.

그런데 현대화와 서구화의 물결 속에서 우리 고유의 음식문화가 급속히 사라져 가는 이즈음이다. 가문마다 전해오는 가양주의 맥은 일제강점기 때 끊어졌고, 그 후 서구문물의 홍수 속에서 우리 음식문화는 설 곳이 없어졌다. 떡 대신에 빵과 피자가, 우리 술 대신에 맥주와 외제 양주가 주인 행세를 하는 동안에 오늘날의 이 국가적 경제위기 국면을 맞지 않았을까 하는 생각은 지나친 비약일까.

그런 의미에서 우리의 대표적 음식문화인 술과 떡을 주제로 한 문화관광축제인 이번 전통주와 떡 축제는 전통의 창조적 계승, 우리 문화의 세계화, 경제적 위기의 극복이라는 면에서 대단한 의의를 가지는 기획이라 하지 않을 수 없다.

술 하나로 전세계의 관광객을 단번에 끌어모으는 독일의 하이델베그 맥주 축제나 프랑스 보르도 와인 축제와 같은 이 전통주와 떡 축제는 우리 것을 세계적인 문화상품화 관광자원화하는 매력적이면서 적극적인 문화관광상품화 전략이다. 그것이 또한 가장 한국적인 문화의 원형질을 보존해내려오는 문화 역사도시인데다가 또한 교촌법주나 황금주와 같이 고집스레 전해 내려온 우리의 전통주가 있기도 한 경주에서 기획되었다는 것은 마땅하기 그지없는 일이다.

이번 축제의 또 하나의 의도는 우리의 전통음식을 세계화하여 많은 세계인에게 우리의 술과 떡을 파는 것이다. 그러려면 작게는 수입음식 대신 우리것을 찾자는 애국심에의 호소도 중요하지만 거시적으로는 수입문화를 이겨내는 경쟁력을 키워야 할 것이다. 또한 이 전통주와 떡 축제가 단지 일회성의 행사로 그칠 것이 아니라 세계적인 문화관광축제로 발전되어야 할 것이다. 그리고 외국공관이나 관광업계, 공항 면세점, 항공기내 면세서비스망을 통하여 우리 술과 떡의 판매촉진을 실천적으로 할 수 있는 지속적인 관광마케팅이 뒤따라야 할 것이다. 그리하여 우리나라를 방문한 관광객들이 여행상품으로 우리의 술과 떡을 바리바리 사게 하는 것이다. 그렇게 될 날이 머지않기를 바란다.

세계화란 우리의 것을 버리고, 서양의 것에 동화되는 것도 아니고, 그렇다고 서양의 것을 무조건 배격하고 우리의 것을 고집하는 국수주의적 신토불이는 더더욱 아니다. 진정한 의미의 세계화란 우리에게 있는 가장 한국인다운 동질성을 세계 속에 내다 겨뤄 세계적 수준으로 끌어올리고, 세계 사회에 발전적으로 기여하는 것이다. 우리의 전통주와 떡 축제가 그 한 몫을 단단히 하리라 기대해 본다.

무엇보다도 전통주와 떡 축제는 우리나라 여느 지방자치단체에서 개최할 수 있는 단발성, 행사성, 소모적인 축제가 아니라 오는 9월 열리는

'98경주세계문화엑스포와 연계되는 준비된 행사라는 점에서 그 진의를 찾아야 한다. 야심차게 기획된 세계적 문화축제가 문화외적 분위기 때문에 그 의미와 사기가 퇴색되거나 위축되어서는 안된다는 의미에서도 이번 축제의 성공의 중요성을 읽어야 한다.

아무쪼록 아이디어 번득이는 이번 축제에 우리 경주시민들은 주인 몫을 톡톡히 하여 많은 손님을 초청하려는 지혜를 모을 일이다. 벌인 잔치마당을 더욱 흥청거리게 만드는 일은 바로 경주시민의 몫이다. 주인의 손맛과 인심에서 손님은 더욱 즐겁고 흥이 나는 법이다.

또 하나 바라건대 우리 젊은이들이 부디 솔선 참여하여 잊을 뻔한 우리의 술과 떡의 맛과 멋과 흥을 되찾아 그 뜻을 계승하는 학습장으로 활용하였으면 한다. 요즈음의 왜곡된 우리 술문화도 전통 주도를 배움으로써 바로 잡을 수 있다면 얼마나 좋겠는가. 포석정을 우리는 신라의 귀족과 왕이 유흥으로 나라를 망친 망국의 현장으로 알고 있으나 본래 그렇지 않다. 우리나라의 술문화는 술잔을 주거니받거니 하는 수작문화권에 속하는데, 돌 홈에 술잔을 띄워 군신 간의 공동체의식을 다진 포석정은 한국적 술문화의 의례 현장이였다는 것을 이런 행사에 참여하여 자연스레 알았으면 좋겠다.

경주의 매력적 축제

경주에는 이채롭고 흥미로운 문화행사가 많다.

3월 보름에는 향가 찬기파랑가와 안민가를 지어 부른 충담사를 기리는 충담재가 열린다. 며칠전 9월 보름달밤에는 피리소리와 함께 제망매가를 부른 월명사를 추모하는 월명재가 운치있게 열렸다. 경주의 순수문화단체연대인 경주문화축제위원회가 주최하는 행사로 계림 숲 속에서 지역의 문화단체들이 십시일반 힘을 모아 주관하는 이들 조촐한 행사들은 거창하고 화려한 관 주도의 어떤 축제보다 신선하고 진지하며 아취있다. 축제가 끝나도 충담사의 높고 향기로운 시정신과 월명사의 피리소리는 예나 이제나 변함없는 다향과 달빛의 여운으로 남는다. 경주의 운치를 온 몸으로 느낄 수 있는 경주다운 축제가 아닐 수 없다.

또한 경주에는 향교를 위시하여 현재 봄 가을로 향사를 치르는 사원이 40여 곳이나 있다. 1868년 사원 철폐 이전까지는 무려 68곳이 넘었다 한다. 특히 박혁거세를 모시는 숭덕전 , 석탈해의 숭신전, 미추왕, 문무왕, 경순왕을 기리는 숭혜전 등의 향사는 경주와 같은 천년 왕도가 아니면 있을 수 없는 특별한 제의이다. 분황사에서 3월 그믐에 모시는 원효대재 또한 불국정토의 이상향이었던 옛 서라벌 땅 이곳 경주에서나 볼 수 있는 제전이다.

천년 고도의 문화유적을 단지 볼거리로서의 경주에서 찾게 한다는 것은 예의가 아니다. 이같이 다양하고 이채로운 제전들은 국내인은 물론 외국인들에겐 더없이 이국적인 체험자원이 아닐까. 물론 신성한 제전을 한낱 관광자원으로 활용한다는 발상이 천박하다 할 수도 있다. 그러나 고유한 문화적 전통을 자랑스럽게 지키는 것, 그것 자체가 훌륭한 관광자원이라는 발상의 전환을 하자는 것이다.

경주의 매력은 이런 제전에서 참으로 빛나며, 경주시민의 저력도 그 진가를 발휘한다. 연중 열리는 이런 행사를 보면서 몇몇 경주인들만 참여하는 것은 정말 아깝고 안타깝다.

지방사람의 비애

지난 해 몸이 아파 침 맞으러 다니게 되어 알게된 한의원의 원장은 여의사였다. 활달하고 넉넉한 말품새가 사람 좋아보이고 자신의 직업에 상당한 자부심을 가진 당찬 전문직 여성이었다. 환자의 증상에 대한 정확한 진단은 의사의 기본이겠지만, 그 사람 좋은 인상과 거리낌없는 말투가 친근하여 더욱 좋아 보였다. 침을 놓으면서도 환자들과 스스럼없이 나누는 농담이 가족같은 분위기였다. 침술도 소문이 났던지 한의원이 자리한 동네에서 제법 먼 곳, 심지어는 대구 인근 지방에서도 오는 환자들이 많아 시간을 잘못 맞추면 서너 시간을 기다려야 하는 날도 많았다.

내가 처음 간 날, 그녀의 이름을 따서 붙인 한의원 상호를 보고 여의사일 것 같은 생각에 왔다는 내 말을 듣더니 대뜸 하는 소리가 "세상 참 좋아졌습니다." 였다. 무슨 소리냐는 물음에 대한 대답은 이랬다.

처음 그녀가 한의원을 개업했던 10여년전만 해도 병원문을 들어오던 환자가 "어? 여자가 의사네?"하며 되돌아 나간 경우가 많더라는 얘기를 입 활짝 벌려 크게 웃으며 그녀였다. 그때는 알게 모르게 여성을 불신하는 풍조가 전문직에까지 있구나 싶어 서글펐는데 이젠 오히려 여의사라서 찾아오는 환자도 있으니 세상 참 좋아진 것 아니겠느냐는 반문이었다.

하루는 침을 맞고 누워 혼곤히 잠들려고 할 무렵, 그녀의 다소 흥분한 듯한 큰 소리가 들려왔다.

"지방사람은 사람도 아니다."

잠이 달아날 정도로 큰 목소리라 화들짝 놀라 소리 나는 곳으로 고개를 돌렸다. 무슨 소린가 물어보고 싶었는데 그 말을 뱉고 연이어 간호사에게 들으라며 하는, 역시 흥분한 목소리를 들으면서 그 말 뜻을 짐작할 수 있었다.

그녀는 아마도 잠시 환자가 없는 틈을 타 우편물을 뜯어보고 있던 중이었던 것 같았다. 그 중에는 아마도 카드사에서 날아온 대금청구서가 있었던 모양이었고, 그 속에서 우수수 떨어지는 사은권들을 확인하고 속상해 뱉은 말인 듯하였다.

그런 우편물들에는 고객에게 서비스한답시고 각종 문화행사의 할인 티켓이나 놀이공원의 무료초대장 등이 끼어있는 경우가 많다. 그런데 그런 문화행사장이나 공연장이나 놀이공원들이 한결같이 서울특별시나 그 주변 수도권에 있으니 그 혜택을 보는 사람은 서울과 수도권에 사는 사람들뿐일 것이며 거기서 소외된 지방사람은 알고도, 초대받고도, 또 가고 싶어도 가기 힘들 것이니, 지방사람은 사람도 아니지 않느냐는 얘기였다. 휴지조각이나 다름없는 그런 사은권은 지방사람에게는 그 효용 가치를 떠나 이런 자조적인 자기비하까지도 하게 만드는 것이라며 한참을 흥분하는 그녀의 말은 구구절절 옳은 말이었다. 그런 비애감 한 번쯤 겪어보지 않은 사람 있을까?

우리나라 만큼 정치, 경제, 사회이 모든 권력이 서울 한 곳으로 집중된 국가는 아마 이 지구상에 없을 것이다. 게다가 문화권력의 서울 편중은 앞서의 그 어떤 것보다도 심각하다. 그럴 듯한 문화공간의 부족은 차치하고라도 연주회나 공연물, 전시회 등 제법 고급한 문화를 향수할 만한 권리 행사를 지방사람은 꿈꾸기조차 쉽지 않다. 비싼 교통비와 시간을 쪼개서라도 서울 갈 수 있는, 경제적으로 대단히 여유있는 지방사람이 아니라면 그저 이따끔 시혜적 차원에서나 감상의 기회를 베푸는 지방순회공연이나 전시회에 감지덕지하며 살아야 하는 삶, 이 시대 우리나라 지방사람의 비애 아닌 비애다. '억울하면 출세하라'는 말, '억울하면 서울 가지?'라는 말로 바꾸어야 될 판이다. 그리고 울분 토하며 자조적 삶을 살아내는 수밖에 없다면, 이 얼마나 슬픈 지방민의 현실인가?

작년 9월, 지방분권실현을 위한 전국지식인 선언에 이어, 지난 4월 13일 지방분권운동대구경북추진본부가 창립되었다. 그에 뒤이어 우리 포항에서도 포항본부를 준비하는 모임이 착실히 진행되는 것으로 알고 있다. 정치, 경제적 분권화뿐만 아니라 문화적 분권화를 실천적으로 끌어내는 결과를 기대하는 마음이 크다. 알찬 성과를 거두어 "지방사람은 사람도 아니다"라는 그 여의사의 말과 같은 지방사람의 자조적 열패감이 이 땅에서 깨끗이 없어질 날을 기대한다.

배려문화 만들기

어떤 젊은이가 오랜만에 약수터에 물 뜨러 갔다. 물통을 차례대로 놓고 줄을 서서 기다린다. 조금 있다가 아버지 친구분이 오셨다. 인사를 하고는 앞서서 물을 받으시라고 자리를 양보해 드렸다. 또 좀 있다가 집안

어른이 올라오셨다. 인사드리고 또 한 차례 자리를 물렀다. 이번엔 또 안면있는 고향사람이 오셨다. 다음엔 동창이 보이고, 언젠가 신세진 사람도 만나고, 또 직장의 선임자, 좀 아는 사람을 연거퍼 만나자 그때마다 가벼운 인사와 함께 차례를 양보하였다.

최재석 교수의 '한국인의 사회적 성격'이라는 책에 나오는 에피소드다. 한국인의 공중의식의 부재를 가정하여 설명한 이야기다. 이 젊은이는 아마도 인사성 바르고 예의바른 사람이라는 칭찬을 들을 것이 틀림없다. 그러나 그것은 그를 아는 사람, 또는 그의 배려를 받은 사람의 범위내 칭찬일 뿐이다. 상당히 불합리하고 비이성적이며 자기 중심적인 행동임이 틀림없다. 상대적으로 손해를 볼 것이 뻔한 타인들에게서는 몰매를 받아도 부족할 짓이며, 따라서 그는 공중도덕, 질서의식이 없는 것이나 마찬가지인 야만인일 수도 있다.

좀 과장적일지는 모르지만 이것이 우리 한국인의 문화의식의 한 단면이다. 여기서 더 확장되면 아는 사람은 '우리'고, 모르는 사람은 무조건 '남'이라는 등식이 성립된다. 우리 가족, 우리 집안, 우리 지역, 우리 학교, 우리나라 등 '우리'의 범주는 무한대로 넓어질 수 있다. 한때 유행했던 경상도식 정치성 농담, "우리가 넘이가?"도 이 '우리주의'의 확장개념이다. 나쁠 것 없다. 그러나 우리의 바깥에 있는 남을 배척하는 배타성이 문제가 된다. 한국인의 집단주의 사회의식은 여기서 극명하게 나타난다.

집단주의 의식이 반드시 나쁜 것만은 아니다. 단지 그것을 지나치게 중시함으로써 야기되는 배타성이 문제일 뿐이다. 배타성은 나와 다른 것, 내가 잘 알지 못하는 것을 참지 못하고 배척하는 성격이다. '왕따'도 이에서 비롯된 고약한 사회적 문화다. 아직도 장애인에 대한 배려가 태부족한 것이며, 학연, 지연 등의 연고주의를 중시하는 문화는 모두 이에서 비롯된 사회적 병폐. 집단주의의 폐해인 배타성을 과감히 벗어 던져야 한다는 사회적 공감은 어느 정도 정착되었다고 하나 참으로 오랜 동안 형성된 문화가 하루아침에 없어질 수는 노릇이다. 그러나 안 될 것이라고 지레 포기하는 것만큼 또 어리석은 짓은 없다.

그래서 제안하고자 한다. 집단주의의 '우리' 의식을 무한대로 확장해 보자는 것이다. 장애인도 나와 다를 바 없는 우리 이웃, 중국동포와 연변 총각은 당연히 우리 겨레, 살색 다른 외국인도 지구촌 시대의 우리 이웃 동네 사람, 동물도 이 지구촌에서 함께 숨쉬는 생명 등... 그리 되면 '우리'의 범위 내에 들지 않을 것이 없으니 배척할 이유가 없다. 이 모두가 내가 아는 범위에 드니 당연히 배려의 대상자인 것이다.

배려란 관심을 가지고 보살피고 도와주는 것. 또 배려란 약자에 대한 강자의 의무라는 생각을 하면 그 만큼 쉽고 하기 즐거운 일도 없다. 공중도덕을 지키고, 서비스정신을 키워야 한다면 집단주의를 긍정적으로 확장한 배려문화의 형성에서 출발하면 하나도 어려울 것이 없다.

친절하기 어렵지 않다

요즈음 고속도로 요금소에는 친절한 미소가 넘쳐남을 느낀다. 어느 해부턴가 직원들이 환한 미소와 큰 소리의 인사말을 하기 시작했을 때, 익숙치 않았던 탓에 다소 쑥스러움을 느꼈던 기억이 난다. 그러나 언제나 변함없는 그들을 나날이 대하면서, 이제는 매우 익숙해져 있어 더불어 큰 소리로 답례인사까지 할 정도가 되었다.

친절이란 어떤 것일까? 온 국민들에게 '친절하라' '친절하라' 계도성 홍보를 하는 것을 보면서 잠시 생각해 본다.

얼마전 대학생 큰아들과 경주를 왔다가 대구로 가는 길이었다. 대구 요금소에서 여전히 친절한 미소와 인사로 나를 반기는 직원에게 나 역시 평상시의 습관대로 유쾌하게 응대하였다. 요금소를 빠져나오자 아이가 몹시 의아한 듯이 물었다.

"아는 사람이세요?"

아이에게 그렇지 않으며, 친절한 요금소 직원들의 태도가 너무나 고마워 엉겁결에 응대의 인사를 하게 된 것이 나도 습관이 된 듯하다며 웃었다. 그렇다. 전혀 알지 못하는 사람들이 마치 아는 사람끼리 반가운 인사를 나누듯이 하는 것이 바로 친절의 모습이라고 할 수 있지 않을까?

그러고 보니 또 한 번, 이와 비슷한 기억이 있다. 흔히들 병원의 유명의사를 만나려면 최소 몇 주전에 특진예약을 하고, 예약된 날에 가서도 두 시간을 기다려 5분을 진료받는다는 말을 한다. 이 말은 환자수에 비하여 턱없이 부족한 의사수를 말하는 한국의 의료현실만을 빗대어 하는 말만은 아니다. 오히려 그보다는 환자로서 의사에게 기대하는 만큼의 친절한 진료를 얻기가 힘든 현실을 이르는 말로 이해된다.

10여 년전이었다. 몹시 쇠약해지신 친정어머니를 모시고 한방병원을 간 적이 있었다. 미리 예약을 하지 않은 탓에 오랜동안을 기다려서야 한 의사선생님을 만날 수 있었다. 같이 진료실로 들어가 연로하신 데다가 귀까지 어두운 어머니를 대신하여 어머니의 상태를 설명드리면서 의사선생님의 질문에 대답하곤 하였다. 진맥을 하시다가, 귀 어두운 어머니에게도 큰 소리로 직접 문진도 하는 등 한의사는 참으로 친절하셨다. 어머니께서 잘 듣지 못해 대답하지 못하면 내가 또 통역까지 해가며 묻고 대답하니 매우 오랜 시간이 걸렸으나 한결같이 친절하셨다. 처방을 받고 나오기까지 거의 한 시간 넘어까지 진료받았다는 사실을 알고는 참으로 송구하였던 기억이 새롭다.

그런데 진료 중에 어머니께서 의사선생님과 나를 번갈아 보시더니 느닷없이 하시는 말씀은 참으로 당혹스러웠다.

"둘이 친구가?"

전혀 생면부지의 사람들이 이렇게 '친절'이라는 소통으로 만나면 친구처럼 보이기도 할 것이라는 좋은 사례인 듯하여 아들에게도 제 외할머니 애기를 해 주었다. 아이는 좀전 제가 했던 말과 외할머니의 질문이 상통하다며 큰 소리로 웃었다.

'친절합시다', 또는 '친절'이라는 리본을 가슴에 다는 것이 친절한 행위를 대신하는 것이 결코 아니다. 그저 모르는 사람이라도 길 가다가도 만나고, 눈이라도 마주치면 따뜻한 웃음을 나누는 것이다. 그것도 내 나라, 내 고장, 내 가게에 온 손님이 분명하다면 더구나 아끼지 말아야 할 덕목이며, 그것도 나 먼저 행동해야 할 덕목이다. 반가움과 고마움을 화사한 미소로 표현할 줄 안다면 그것이 바로 친절의 시작이요 끝이다.

즐거운 화장실

고속도로 휴게소를 들르면 유쾌하다. 잘 치장한 외양이 화장실 같지 않고 마치 품위있는 까페 분위기까지 풍기는데다 향기가 먼저 반기는 그 안은 더욱 예쁘다. 작은 액자로 꾸며진 정갈한 실내, 물기 없는 바닥, 넉넉하게 준비된 화장지, 변기의 모양이나 용도까지 표지해 놓은 화장실은 말 그대로 화장하는 곳, 우리들 살림집 안방에 딸린 화장실 못지 않다. 게다가 최근 들른 어떤 공공화장실은 무빙시트장치까지 되어있어, 앞서 이용한 이를 뒤이어 들어가 느끼는 약간의 불쾌감까지도 깨끗이 없애주니 쾌적하기가 더할 수 없었다. 제법 이용료를 지불한다손 치더라도 기꺼이 이용할 만하게 잘 꾸며놓고도 물론 무료니 참 고맙기 이를 수 없어 괜히 커피 한 잔이라도 사마셔야 할 것 같이 즐겁다. 그렇게 잘 만들어진 화장실은 이용하는 사람들에게도 자연히 깨끗하게 사용하게하는 예절을 익히게 하니 공공장소의 에티켓을 가르치는 곳으로도 손색이 없을 만하다.

앞서의 고속도로 휴게실 정도는 아니어도 성주 어디쯤 작은 식당의 화장실도 기억난다. 길가의 식당 건물과 따로 떨어져있는 화장실을 보며 으레 시골에서 만나는 냄새나는 화장실 정도로 생각하였으나 전혀 오판이었다. 제법 널찍한 화장실 내부에 온갖 향기나는화분들을 들여다 놓아 그 향기 덕분에 재래식 화징실인 줄을 잠시 잊을 정도였다. 아니나 다를까 아름다운 화장실로 선정된 곳이라는 자랑스러운 작은 팻말을 발견하였다. 그 식당이 기분좋은 식당으로 오래 기억나는 것은 순전히 화장실 덕분이다.

그와 반대로 경주의 한 식당의 경험을 되살리자면 부끄럽다. 매우 좋은 육질의 고기가 있어, 알 만한 이는 다 안다는, 경주에서는 제법 알려진 식당이라며 소개하는 분의 안내로 찾아간 식당이었다. 화장실을 물었더니 노끈으로 맨 열쇠꾸러미를 주며 식당 밖을 나가 계단을 올라가 있는 곳에 있는 화장실을 가리켜주는 것이었다. 열쇠를 준 것은 자물쇠로 잠겨있다는 것, 바깥에 있는 화장실이다 보니 아마도 식당을 이용하지 않는 사람들이 더러 이용하는 관계로 관리에 문제가 있어 궁여지책으로 고안한 방법인가 보다고 이해는 하면서도 영 유쾌하지가 않는 것이었다. 그 식당은 안내한 사람의 소개와 같이 정말 고기도 맛좋고, 음식도 꽤나 짭짤하였다. 그러나 그곳을 다시는 찾고 싶지 않다. 물론 다른 사람에게 소개시키고 싶지도 않다. 그것은 순전히 화장실 탓이다.

우리나라 화장실은 단지 배설물을 처리하여 버리는 곳이 아니라 농경문화와 관련한 중요한 거름자원을 만들고 저장하는 곳이기도 하였기 때문에 지금과 같은 수세식의 서구식 화장실문화로의 변화가 쉽지는 않다. 게다가 공중들이 이용하는 화장실에다가 많은 자본을 들여 투자하여야 한다는 인식을 못한 것은 어쩌면 당연한 것인지도 모른다. 그러나 온갖 공공시설물은 물론, 특히 서비스업계에서는 화장실은 분명 서비스적 차원의 투자개념에서 만들어져야 한다는 인식을 할 때가 되었다고 본다.

더구나 경주와 같이 전 세계인이 수시로 찾아오고, 찾아오기를 바라는 유명관광도시이고자 한다면 공중화장실에 대한 전시민적 인식의 전환이 있어야 마땅하다. 마침 경주문화관광협의회와 경주지역 다중이용시설업운영협회 등이 머리를 맞대어 '화장실문화시민운동'을 범시민적 차원으로 한다고 하니 더없이 반가운 소식이 아닐 수 없다. 아무쪼록 문화도시 경주의 이미지를 한층 격조있게 해 줄 이 운동이 아름다운 결실을 거두길 바라는 마음 간절하다.

날개 되려다 꽃비된 누각

벚꽃이 거품처럼 부풀어올라 눈부신 봄날이었다. 이렇게 봄꽃들이 한창인 때, 집안에만 있는 것은 죄악일 것 같았다. 멀지 않은 고찰이라도 찾기로 하고 남편과 집을 나섰다.

작년 여름쯤 경주문화원 향토문화연구소에서 답사일정으로 가본 적 있는 의성 고운사로 행선지를 정했다. 가깝기도 하고 과문 탓인지는 몰라도 그다지 유명한 절은 아닌 듯하니 꽃구경하러 갔다 사람들에게 지칠 일은 없겠다 싶은 곳이기도 하였다. 또한 지난번 답사때 별렀던 숙제가 하나 생각난 참이기도 하였다.

기대했던 대로 한창 봄나들이 행락인파가 절정이라는 라디오의 보도가 먼 나라 얘기인 듯 절은 입구부터 참 고요하였다. 의성 등운산자락에 고즈넉하게 앉아있는 고운사는 원래 고운사(高雲寺)였으나 신라의 대표적 지식인 최치원이 한참 머물렀던 인연으로 그의 호를 따 고운사(孤雲寺)로 개칭하였다는 사적기의 내용이 안내판에 적혀있다.

그런데 그 안내판의 내용이 가관이다. 경내의 우화루(羽化樓)를 한자로 적은 것이 점입가경인 것이다. 안내판에는 우화루라는 한글 옆에 한자로는 익화루(翼花樓)라고 오기한 것을 비롯, 한자 우화루의 표기도 羽化樓, 雨花樓, 羽花樓 등 3가지나 되는 거였다. 그 외에도 오자투성이글이며, 오류문장투성이인 안내판에 띄어쓰기 제대로 되어 있지 않은 것까지 쳐서 그 안내판을 교정할라치면 시뻘겋게 될 것이라고 저번 답사때 일행들과 쓴 웃음을 지은 적이 있었던 것을 재차 확인하였다. 지난번에는 그렇게 흉 한 번 보며 웃는 것으로 지나쳤으나 이제는 그래서는 안되겠다 싶었다. 개탄을 넘어 분노가 솟아났다. 이렇게 우리 말 안내판 하나 제대로 만들어두지 못하는 엉터리 문화행정 주제에 '한국방문의 해'가 어쩌고, '지역문화의 해'가 어떻다고?

종무소로 달려갔다. 마침 일하는 직원 두엇과 스님 한 분이 계셨다. 짐짓 고운사를 상세히 알 수 있는 자료를 부탁하면서 말을 건넸다. 친절한 스님께서 복사물을 하나 주시면서 고운사의 한자가 오자라고 ― 孤蕓寺라고 쓰여있었다 ― 양해를 구하시는 거였다. 내친 김에 잘되었다 싶어 우화루의 오자 얘기를 꺼냈다.

의외로 스님은 그 사실을 알고계셨다. 고친다고 여러 번 벼렀더니 말난 김에 고쳐야겠다시며 줄자를 하나 꺼내시더니 앞서시는 것이었다. 진작 오자인 줄 알면서도 고치지 못한 것은 관청에서 만들어 둔 안내판이어서 함부로 손대기가 꺼려지더라는 말씀을 변명 삼아 하시며. 우화루의 잘못 표기된 안내판뿐 아니라 동음이의어들은 어찌된 것이라는 물음에 원래 도교적인 용어로 羽化樓였으나 불교적인 의미의 雨花樓로 바뀌게 된 내력을 상세히 답해주셨다. 그렇다면 그 내력이 안내판에 있어야 할 것 아니냐는 곤혹스러운 반문에 제대로 된 안내판을 하나 제작해야겠다는 다짐을 대답 대신 하셨다.

이 장황한 경험담은 우리나라 문화재행정의 한 단면이면서 그 현주소를 여실히 보여주는 실례이다. 실로 오자 안내판이 아니더라도 문화재 안내판은 난삽하기 짝이 없다. 어렵고도 어려운 문화재 전문용어투성이에다가 일반인에게는 별 의미도 없는 건축이나 역사관련 전문정보뿐이다. 읽을 재미도 없을 뿐더러 거기서 얻는 정보도 흥미롭지 않다. 정성이라고는 눈곱만치도 없는 안내판 하나 제대로 갖추지도 못한 채, 지역문화가 어쩌고 하면서, 하릴없이 일회성 이벤트나 벌이려는 자치정부나 외국인 관광객을 끌어들이려는 욕심에만 가득차 있는 중앙정부가 참 한심스럽다.

거품같이 부풀어올라 찬란해보이기는 하나 며칠 못 견디고 덧없이 떨어지는 벚꽃잎 같은 뜨내기 문화행정을 속속들이 본 듯하여 영 개운찮은 봄나들이였다.

메밀꽃 필 무렵의 봉평

"산허리는 온통 메밀밭이어서 피기 시작한 꽃이 소금을 뿌린 듯이 흐
뭇한 달빛에 숨이 막힐 지경이다. 붉은 대궁이 향기같이 애잔하고 나귀
들의 걸음도 시원하다."

우리나라 현대문학사에서 유명한 소설가 이효석의 단편소설 '메밀꽃
필 무렵'에 나오는 구절이다. 평생을 길 위에 사는 장돌뱅이 허생원이 젊
은 날 하룻밤 단 한 번 잊지 못할 사랑을 나눈 그 여름밤을 회상하기에 딱
좋은 달밤, 그리고 흐드러지게 핀 메밀밭이 눈앞의 풍경같이 묘사된 문
장은 서정소설의 압권이다.

그 이효석의 메밀꽃 필 무렵의 문학현장인 강원도 봉평엘 다녀왔다.
테마여행이라는 이름의 여행상품 여행객을 모아 운영하는 여행사를 통
해 가게 된 것이다. 떠나기 전 안내원은 봉평 현지에 전화로 알아보니 메
밀꽃이 아직 활짝 피지는 않았다는 전갈을 받았다고 했다. 그러면서 볼
것에 대한 기대는 말 것을 누누이 당부했다. 나와 남편은 문학의 현장을
가면서 볼 것에 대한 기대를 하는 것 자체가 통속적인 것이라며 문학 작
품속 현장을 답사하면 작품속에서 상상력이 절로 나올 것이라것이라며
입을 맞추었다.

대구에서 버스로 네 시간 남짓 걸리는 평창 봉평은 강원도 산골짜기 한

적한 시골마을이었다. 이 소설이 아니었다면 그 누구도 가보고 싶다는 엄두조차 낼 수 없는 마을이었다. 그러나 그 마을은 다음 주 있을 이효석문화제를 준비하기 위하여 한창 부산스러웠다. 이효석문화제는 메밀꽃이 피는 늦여름 보름을 전후 한 즈음에 봉평에서 행사하는 지역문화제이다.

이효석의 생가가 거의 본래 모습으로 보존되어있고, 작품 속 허생원과 성서방네 처녀가 꿈같은 하룻밤을 보낸 물레방앗간, 허생원과 조선달이 한 잔 술을 나누며 허생원의 아들일지도 모르는 동이와 첫 대면한 주막인 충주집이 깨끗하게 복원되어 있었다. 충주집 마당에는 어디서 구했는지 당나귀도 세 마리나 매어 있었다. 효석의 호를 딴 가산공원은 조성된 지가 제법 오래된 듯 키 큰 돌배나무며, 느티나무가 시원한 그늘을 만들어 주고 있었다. 그 가운데 있는 효석의 흉상도 적당히 세월의 때가 묻은 듯한 것이 생경스럽지 않고 보기 좋았다. 다음 주에 있을 문화제를 위해 봉평장터를 만드느라 한창인 공터 건너에는 외지에서 오는 손님에게 팔 감자를 캐는 농부들의 땀흘리는 풍경도 정겨웠다.

안내원에 따르면 요즈음은 메밀 농사를 짓는 사람이 거의 없어 지금 봉평의 메밀밭은 모두 지방관청에서 땅을 매입하거나 임대하여 작품의 현장을 재현해 놓은 것이라 했다. 아직 메밀꽃이 피지 않았으리라던 그의 말과는 달리 제법 소금을 뿌린 듯 환한 메밀밭이 다리께를 중심으로 지천이었다. 물레방앗간 앞이나 읍내 곳곳에서는 작품 속 문장을 새긴

조각작품이나 자연석 등이 심심찮게 발견되어 마치 작품 속에 있는 듯한 착각을 하게 하였다.

책으로 치면 채 10페이지가 안되는 작품을 백분 활용하여 작은 시골 마을을 일약 문화마을로 바꾸어 놓은 지방정부 또는 지역민의 노력에 경의를 표하지 않을 수 없었다. 그러면서 효석보다 문학사적으로 월등 뛰어난 문인, 동리와 목월의 생가는 물론이고 곳곳의 문학 현장도 보존하지 못한 경주의 척박한 문화적 인식에 슬픔을 감출 길이 없었다. 많으면 오히려 그 귀함을 알지 못하기 때문일까?

통영기행

통영을 막연히 동경했었다. 고등학교 때까지는 지리 시간에 배운 우리 나라 최고의 미항이라는 상식 때문이었으리라. 대학 시절 한창 즐겨 읽던 '토지'의 작가, 박경리의 소설 '김약국의 딸들' 속의 그 음침한 가족사가 전개된 소설의 무대도 통영이었다. 시인 김춘수의 가르침을 가까이서 받으며 가끔 듣는 그의 고향 이야기를 상상해보는 즐거움, 그곳도 통영이었으니, 그 시들의 배경을 확인해보고 싶기도 했다. 그 외에 우리나라 많은 예술가들의 출생지라는 것을 알게 된 후에는 통영에 대한 어떤 예술적 믿음까지 싹터서 반드시 가보아야 할 의무감까지도 생겼다.

그러다 결정적으로 통영을 가봐야겠다는 생각을 하게 된 것은 윤정희 주연의 '화려한 외출'이라는 영화를 본 후였다. 아니 더 엄밀히 말하면 그 영화 속의 바닷가 관광 호텔 때문이었다. 내 어른이 되면 바닷가 언덕 위의 그 하얀 호텔에 묵으며 며칠을 꿈같이 지내리라 결심까지 했었으니까.

결혼을 하면서 그 결심을 실행할 기회가 드디어 왔다. 신혼 여행을 충무에서 일박할 수 있도록 남해안 코스로 잡은 것이다. 그 영화 속의 호텔에서 하루를 보내기로 한 것은 물론이다. 그러나 피치 못할 사정으로 신혼여행 일정을 줄일 수밖에 없어, 그 동경 속의 호텔은 또 다시 꿈 속으로 접어 넣어 두었다.

결혼 후 아이들이 제법 자랐을 때 ─아마 큰애가 8살, 작은애가 4살 되던 해 겨울이었던 것 같다.─ 그 통영을, 그리고 그 꿈속의 호텔을 갈 수 있었다. 그 호텔에서 하루를 묵으며 통영 일대를 하룻만에 휙 둘러 본 일정이었다. 아이들 뒷치닥거리에 정신이 없었고, 특히 한려수도를 뱃길로 관광하는 일정에서 경험한 심한 배멀미 때문에 꿈속의 통영은 오히려 끔찍한 지옥경험이 되고 말았다. 실로 그 후로 나는 다시는 배를 타지 않는다.

며칠 전 통영을 다녀왔다. 마산에서 충무로 가는 길섶의 동백꽃들, 강인 듯 저수지인 듯 착각하게 하는 바다 때문에 도무지 분간이 되지 않은 신기한 지리에 일단 매료되었다. 물어물어 찾아간 남망산 조각공원의 이해할 수 있을 듯 말 듯한 조각작품을, 해질녘의 아름다운 항구와 그 속에서 살아가는 바닷가 사람들의 일상을 느긋히 즐기기도 하였다.

돌아오는 길, 밀려오는 졸음 속에서 통영에 대한 지난날의 동경과 오늘의 여행을 파노라마와 같이 정리해보았다. 그리고 어떤 새삼스러운 발견을 하게 되었다. 그것은 바로 남편의 존재였다. 이제는 나를 낳아주고 길러준 부모와 함께한 시간보다 더 오랜 동안을 함께 한 남편이구나. 그가 있어 꿈도 꾸었고, 그 꿈을 현실로 옮겨보기도 하였고, 좌절과 사랑을 확인하기도 하는구나. 내 이런 생각을 남편도 같이 하는가, 통영에서 오는 내내 우리는 별 얘기를 하지 않았다.

문화엑스포는 IMF 탈출구

이젠 삼척동자에서 촌로에게까지 일상어가 되어버린 IMF, 이 괴물이 빚어낸 사회적 분위기는 흉흉하기 이를 데 없다. 고실업, 고물가, 구조 조정, 정리해고, 심지어 IMF형 범죄, IMF 자살 등등. 각계각층에서 온갖 대비책이 쏟아지고 있으나 뾰족한 해결책도 없다.

이런 때 웬 흥청망청 잔치냐며 곱잖은 시선을 받아오며 준비해온 98경주세계문화엑스포.

그러나 이 경주 문화엑스포가 IMF 암흑의 터널에 한 자락 빛이 될 수 있다는 생각을 한다. 문화엑스포란 명명의 의미를 짚어보면 IMF의 탈출구가 보인다. 엑스포는 산업박람회를 의미하니 경주문화엑스포는 문화산업박람회라는 뜻이다. 그것은 곧 문화의 산업화, 종합화, 전시장인 것이다. 문화를 소비 가치적 수준에서 생산가치적 수준으로 발상 전환한 개념이며, 산업사회에서 문화사회로의 패러다임의 변화를 가시화한 문화의 새 세기를 준비하는 기획이다.

지금까지는 정치 원리와 경제 원리가 세계를 움직이는 원동력이었다면 새 세기는 문명, 문화의 패러다임에 의해 움직이리라는 분석은 일찍이 새뮤얼 헌팅턴이 예견하였다. 이같이 새 세기에는 문화적 힘이 세계의 구도를 재편할 것이며 정치나 경제나 문화적 동질성을 축으로 삼아야 그 힘을 제대로 발휘할 수 있을 것이다.

문화엑스포는 바로 새 세기의 막강한 힘을 앞당겨 결집해 보이는 문화 민족의 역량을 과시할 수 있는 장이다. 경제 논리가 우선 되는 산업 사회의 끝에서 새로 시작되는 문화사회의 시작 시기를 선점할 수 있게 해주는 발상의 U턴이다.

경주에 문화엑스포를 정례화하면 거대한 문화시장이 형성되고, 이로

인해 경주는 학술 조사단들의 메카가 되어 관광객들을 끌어들이고, 문화 산업의 중심지가 될 것이다. 이는 곧바로 지역민의 생계에 직결되고 풍요를 만들어내는 원동력이 될 것이다.

경주세계문화엑스포를 통해 세계문명의 발상지 순례라는 테마 관광이 나 세계 각국의 생활문화를 한국의 고도 경주에서 체험할 수 있다. IMF 체제에서 돈이 없어 수학여행을 보류해야만 하는 중고생들에게는 저렴한 비용으로 세계풍물을 맛보게 해줄 수 있게 된다. 외국에 쏟아버릴 귀한 돈들이 우리나라에서 사용되니 이보다 더 나은 효자 산업이 어디 있겠는가. 그런 의미에서 경주세계문화엑스포는 IMF의 터널에서 보이는 한 줄기 환한 빛이다.

문화의 새 천년을 연다

21세기는 문화의 창달과 독창성 확보가 국가의 존립을 결정할 것으로 예상된다. 경상북도는 민족문화의 보존과 창조적 계승이 일차적 과제로 대두되고 있는 시점임을 인식, 우리 문화를 세계적인 문화로 승화시키고 인류문화 발전에 기여코자 하는 정책적 안목으로 이번 문화엑스포를 기획했다.

문화엑스포는 천년 고도 경주의 찬란한 문화를 전 세계에 알려 이를 통해 세계적 문화관광도시로서의 이미지를 구축하고, 행사시설물과 도시기반시설은 공익 및 관광자원으로 이용, 지역경제 활성화에도 기여할 것이다.

문화엑스포는 과학기술엑스포나 산업박람회 등과 같은 일회성 엑스포와는 차원을 달리한다. 문화의 시대를 열어 가는 세기적 전환 시점에서 각 민족과 국가가 그들의 시간적 공간적 전통과 체험으로 빚어낸 고유의 유·무형문화유산을 한자리에 모아 조명하고, 새 천년의 인류문화 이정표를 제시하며 인류의 문화적 성숙과 삶의 수준 고양을 목적으로 하는 세계적 문화축전이기 때문이다.

경주세계문화엑스포는 세계 문화를 수용하여 문화의 시대를 주도하는 입지를 확보하고, 우리의 문화적 역량과 자산을 살리며 활용할 수 있는 더없이 좋은 기회다. 무엇보다도 문화의 산업화에 대한 기여도를 무시할 수 없다. 소비주체들의 다양한 문화적 욕구를 문화상품으로 충족시키고, 이는 궁극적으로 고부가가치가 있는 우리 문화산업의 힘을 기르는 데 직.간접적으로 크게 이바지 할 것이다.

이번 행사로 개최지인 경주에는 문화 인프라가 구축돼 세계적 문화교류의 메카로 부상될 것으로 보이며, 그로 인해 경주는 인류 문화유산의 산 교육장으로, 인류 문화부흥의 중심도시로 거듭날 것이다.

문화엑스포는 문화인프라다

경주를 세계적인 문화의 메카로 만들고 경북 문화관광산업의 거점으로 삼고자 경상북도에서 주관하여 추진하기 시작한 경주세계문화엑스포 는 지난해 11월 행사장 기공식을 한 이래 차질 없는 행사 준비를 위하여 관계기관이나 관련인사들이 밤낮없이 땀을 흘리고 있는 것으로 알고 있다. 그런데 유사 이래 유래 없는 국난의 시기에 무슨 잔치를 할 것이냐 며 행사 자체에 대한 회의뿐만 아니라 행사 계획의 일부 축소, 수정 또는 유보론까지도 거론되고 있다고 들었다. 전 국가적으로 예산을 절감하고 있음에 따라 국비지원 예산의 삭감 등이 불가피한 현실이고 경주세계문화엑스포가 거의 국비지원의 의존하고 있는 실정이고 보면 무리는 아닐 듯싶다.

그러나 오히려 경주로 보면 이번 IMF라는 국난은 다시 없는 호기가 될 것이기에 시련은 곧 기회라는 지극히 평범한 금언을 떠올리며 몇 가지 제언을 하고자 한다.

경주세계문화엑스포는 일회성의 축제나 대외 과시용 행사가 아니라 다가오는 세기를 위한 문화인프라를 구축한다는 점에서 그 무엇보다도 중요하고 시의적절하고도 탁월한 사업적 발상이다. 차세기 가장 유망한 사업인 관광산업, 문화산업의 교두보 역할을 할 것이라는 거시적인 안목에서 계획된 야심찬 사업이다.

경주와 같이 천년 전의 문화유적을 보유하고 있고 관광도시로서의 기반 시설을 제대로 갖추고 있는 도시도 알고 보면 우리나라에서도 몇 되지 않는다. IMF 체제가 되면서 우리 경제가 안고 있는 가장 큰 고민거리인 환율문제가 이전에는 사양화되었다고 판단, 천시 받았던 섬유나 신발 등의 산업에는 오히려 활력소가 되어 그 경기가 되살아나 무역 흑자니 효자 노릇을 톡톡히 하고 있듯이 관광산업도 그 중의 하나가 될 것이다.

경주세계문화엑스포는 경주와 우리나라 관광 흑자의 기폭제가 될 것임에 틀림없다.

실로 작년 말 이후, 서울이나 중부권 스키장에는 예상외의 해외관광객으로 때 아닌 호황을 누리고 있다는 보도를 자주 접하고 있다. 이 시기를 기회로 하여 관광산업이 굴뚝 없는 산업이니 어쩌니 구호로만 외치던 구시대적 발상에서 벗어나 적극적으로 해외 관광객을 불러들이는 정책의 시행과 투자가 적절히 이루어져야 한다.

경주세계문화엑스포는 바로 그러한 선견지명이 있어 충분히 계획되었고 이제껏 추진되어 온 사업이다. 그러므로 이 사업의 성공적인 결과와 지속적인 관광자원화는 바로 예정된 규모의 예산이 차질 없이 집행되어야 함을 전제로 한다.

문화 인프라는 차세기 가장 전망 좋은 산업의 구축이 될 것임을 많은 미래 학자들이 예견하였으며 실지로 문화강국이 경제적으로도 선진국이라는 것을 우리는 잘 알고 있다. 그런 점에서 우리 경주는 훌륭한 문화적 자산을 가장 많이 가진 축복 받은 도시이다. 이러한 문화유산을 충분히 활용하여 전 세계인을 향하여 문화전쟁의 선전포고를 한 경주세계문화엑스포 는 일회성의 잔치 행사가 아니라 새 세기를 대비해서 계획된 훌륭한 문화적 벤처 산업이다. 두 달간 치러지는 행사 자체의 관광객 수입 뿐 만 아니라 아이디어를 모으면 요즈음 각광받는 각종 캐릭터 사업, 영상물 산업 등등 고부가가치를 창출할 수 있는 부대 효과가 상당히 있을 것으로 알고 있다. 지난해 두 번째 행사를 치른 광주비엔날레도 지방도시의 문화행사 이면서도 순수익 70억 원의 성과를 올렸다고 들었다.

경주는 보유한 많은 문화유산이 마치 하나의 큰 빚인 듯 산업화에서 소외되어 왔으며 그 때문에 경주시민들은 인근 타 도시에 비하여 개발에 대한 상대적인 박탈감을 가져왔던 것이 사실이다.

그러나 이제부터는 아니라고 힘 있게 말할 수 있어야 한다. 그러기 위하여서라도 경주세계문화엑스포는 전 세계인들을 품에 앉고 차질 없이 성대하게 더할 수 없이 성대하게 치뤄져야 한다. 그리하여야만이 우리 경주는 우리나라에서 아니, 전 세계에서 가장 선도적으로 문화적 인프라를 구축하여 경제적 부를 누린 선진도시로 거듭날 수 있다.

문화엑스포와 여성의 힘

지난 11월 20일 경주세계문화엑스포 행사장 건립 기공식이 있었다. 내년 9월부터 11월까지 두 달간 경주 일원에서 열리게 될 세계적인 문화축전 행사장의 첫 삽이 떠졌으니 오래전부터 준비되었던 행사가 비로소 가시화되기 시작했다.

경상북도에서 주관하여 경주를 세계적인 문화의 메카로 만들고 경북문화관광산업의 거점으로 삼고자 추진하기 시작한 '98경주세계문화엑

2000 경주문화엑스포 국가의 날 공연중 일부장면
(자료 : 결과보고서)

스포는 관계기관이나 관련인사들의 눈에 보이지 않는 노력으로 이만큼의 진전이 있었던 때문인지 그날 행사장의 분위기는 사뭇 고조되었었고 심지어는 흥분의 분위기마저 있어 감동적이기까지 하였다. 그 흥분과 감동의 절정은 한 여성인사에게 집중된 것이었다.

국내외적으로 어려운 경제 사정을 삼척동자도 다 아는 이 시점에 이 지역의 최대역점사업인 경주문화엑스포를 위해 백방으로 애쓴 보람으로 규모의 예산을 가능케 한 숨은 공로자는 바로 이 지역 출신 여성 국회의원이었다. 실로 경주문화엑스포는 일회성의 축제가 아니라 다가오는 세기를 위한 문화인프라라는 점에서 그 무엇보다도 중요하고 시의적절한 사업이지만 어디 그것을 제대로 알고 관계자를 설득하여 일을 성사시키기란 쉬운 것인가.

그녀는 밖에서는 당당하였으며 안에서는 몹시도 겸손하였다. 그녀에게는 남성 권력자들이 흔히 가질 수 있는 소위 권위와 권력의 냄새가 전혀 없었다. 운동화끈 졸라매고 간편복 차림으로 어디든지 가서 어떤 일이든지 해낼 태세가 되어 있어 보였다. 여성이라 마다 않고 그녀를 선택한 경주시민에게서 옛 신라인의 자신감을 그녀를 통해서 재확인한 것은 기쁨이었다. 그런 점에서 예사롭지 않은 여성의 능력이 돋보였고 그 저력을 역사적으로 유추해 내고 싶은 마음이 생겼다.

1,300여년 전 이 땅 신라에서는 그 시기 동서양 어디에서도 상상치 못할 선택을 하였으니 바로 여왕을 낸 것이었다. 바로 선덕여왕과 진덕여왕이 그들이며 그 선택은 탁월하였다. 그들은 통일신라의 굳건한 역사적 발판을 마련한 점에서 남성 못지 않은 여성이 아니라 그 어떤 남성이라도 못 이룰 업적을 낸 여왕들이었다. 여성의 위대함을 과시한 이 두 여왕을 배출한 저력을 새 천년의 세기가 시작될 지금 신라의 후예 경주인들은 해 내고 있는 것이 아닌가 생각한 것은 그런 점에서 전혀 억지가 아니다.

실로 옛 신라에는 이들 여왕들 말고도 뛰어난 여성들이 많았다. 아비를 대신해 전장에 간 가실과의 약속을 기어이 지켜낸 설씨녀, 용에게 잡혀가서도 전혀 두려워 아니한 아름답고 용감한 수로부인, 자식의 개안을 위해 노래 지어 부처를 감복시킨 희명을 비롯하여 수도 없이 많은 아름답고 용기있는 여성이 있었으며 그들에 의해 신라는 과연 신라다운 힘과 아름다움을 가질 수 있었던 것이다. 신라가 삼국을 통일하고 천년 이상의 국가로 존속할 수 있었던 위대한 저력에는 이런 여성의 힘이 한몫 단단히 했음을 외면해서는 안된다.

지금 우리 나라는 유사 이래 가장 어려운 시점에 있다고 입있는 사람들은 모두 말한다. 그러나 책임감을 느끼고 반성하는 자는 없고 적극적이고 구체적인 방안을 제시하는 이 또한 드물어 안타까운 실정이다. 그렇다고 싸잡아 남성지도자들을 매도하고 싶지는 않으나 이때야말로 여성적 저력을 발휘할 때임을 강조하고 싶다.

우리 여성들은 위기에 직면했을 때 특유의 유연성이 발휘된다는 면에서 고난을 극복하는 인내와 자기 절제의 능력이 오히려 남성보다도 높다고 한다. 나라가 위급한 상황에 있을 때 이중 삼중의 고통을 입는 여성들이면서도 그 위기를 지혜롭고 당차게 때로는 억척스럽게 헤쳐온 이들이 또한 우리 여성들이라는 것을 역사적 사실에서 많이 확인할 수 있다. 이러한 여성적 저력을 제대로 알고 믿어 여성국회의원을 낸 경주인들은 이 시대적 난관을 그 누구보다도 빨리 또 슬기롭게 이겨나갈 수 있을 것이라 생각한다.

경주문화엑스포는 일회성의 잔치행사가 아니다. 새세기를 대비해서 계획된 훌륭한 문화적 벤처산업이다. 그런 점에서 우리 경주는 훌륭한 문화적 자산을 가장 많이 가진 축복 받은 도시이다. 여기에 정부를 설득하여 범정부적 지원까지 받아낸 힘있는 여성지도자도 있지 않은가.

이제 다만 합심한 경주 시민들이, 특히 경주의 여성들이 팔 걷어부쳐할 일 찾아 나서기만 하면 될 일이다. 경주는 여성을 중심으로 새 세기 문

화적 르네상스를 맞을 채비를 하자. 그리하여 가장 먼저 문화적, 경제적
선진도시를 만들어내자.

시공초월한 열린 문화장터

지금까지는 정치원리와 경제원리가 세계를 움직이는 원동력이었다
면 새 세기는 문명과 문화의 패러다임에 의해 움직이리라는 분석은 일찍
이 있었다. 문화, 그것도 인간을 신뢰하는 문화를 사회적 자본으로 하는
나라가 그렇지 않은 나라보다 경쟁의 우위를 선점하리라는 프란치스 후
쿠야마의 예견도 있다. 이같이 새 세기에는 문화적 힘이 세계의 구도를
재편할 것이며 정치나 경제나 문화적 동질성을 축으로 삼아야 그 힘을
제대로 발휘할 것이라는 것에 이의가 있을 리 없다.

문화엑스포란 문화와 엑스포의 합성조어이다. 엑스포가 산업박람회
를 의미하니 문화산업박람회라는 뜻, 곧 문화의 산업화, 문화의 종합화,
문화의 전시장이라는 의미이다. 이는 곧 문화를 소비가치에서 생산가치
로 발상 전환한 개념이며, 산업사회에서 문화사회로의 패러다임의 변화
를 가시화한 문화의 새 세기를 준비하는 기획 행사이다.

문화는 현재 시간을 숨쉬는 인간의 숨결이다. 인간의 문화적 행위는

현재적인 것, 그러므로 현재 문화에 대한 이해와 깨달음과 반성을 끊임없이 이어지고, 이것이 시간적으로 역사성과 가치를 획득하면 전통이 되는 것이다. 현재적 문화의 특징은 즐거움이다. 그것이 지적이든, 감성적이든 표현되든 아니든 어떤 즐거움을 주는 것이다. 그러므로 인간을 유희적 동물이라 정의하기도 한다.

그러나 문화는 현재적이기만 한 것이 아니다.

현실에 존재하는 인간이면서 현실에 속하지 않는 미래를 사고를 할 수 있으니 그것이 바로 상상적 사고요, 가장 문화다운 속성이라 할 수 있다. 이 상상적 행위가 창조적 작업이요, 그 축적물이 유무형으로 나타난다면 그것이 미를 추구하는 문화의 실체이다. 그러므로 문화의 참 모습은 인간의 삶의 과거, 현재, 미래를 모두 꿰뚫어야 발견된다 하겠다.

98경주세계문화엑스포는 인류의 과거, 현재, 그리고 미래 문화를 종합화하여 전시와 공연으로 보여주고 체험해 보는 장이다. 시간적으로 인류문화의 축적을 모으고, 공간적으로 세계문화의 현재를 집합시켜 전시해 보는, 곧 시공간을 초월한 열린 문화장터로서, 이것이 전 세계를 겨냥한 문화산업이요, 아이디어 산업이요, 벤처사업이다.

문화엑스포란 명명의 의미를 이렇게 꼼꼼히 짚어 보면 이것이야말로 IMF의 탈출구가 된다는 것을 알 수 있다. 문화엑스포는 바로 새 세기 막강한 힘을 앞당겨 결집해 보이는 문화 민족적 역량의 과시이며, 이 지역

경주의 자긍심이다. 경제 산업사회의 끝 20세기말, 그것도 IMF형 낙제로 어깨처진 한국경제의 뒷모습을 토닥여 힘주며 21세기 문화산업의 시작을 선점하여 멋들어진 경제 문화적 연착륙을 시도하고자 하는 문화엑스포인 것이다.

문화융합의 장 ,경주

"서라벌 밝은 달 아래 밤새도록 놀다가."

이 노래는 삼국유사에 전하는 향가, 처용의 노래이다. 처용이 동해 용왕의 아들이라 기록되어 있으나 그가 누구인가에 대해서는 참으로 다양한 해석이 있다.

그 중 그를 외국인(더 구체적으로는 아라비아인)이라고 가정해 본다면 재미있는 몇 가지 유추가 가능하다. 첫째, 외국인인 그를 신라의 수도인 서라벌에 데리고 와서 벼슬과 아름다운 아내까지 주어 임금의 정사를 돕게 한 신라인의 태도는 흥미롭다. 그러한 신라인에 한껏 동화되어(밤새도록 놀다가) 들어와 아내와 동침한 역신을 보고도 노하기는 커녕 노래 부르며 물러나는 너그러운 처용의 태도에 감복한 역신이 무릎을 꿇고 빌었다는 이야기는 더욱 놀랍다. 임금의 행차를 위협하며 동해에서 출몰

한 외국인과 신라인, 아름다운 아내와 잠자리를 하고 있는 역신과 남편인 처용 사이라면 심각한 갈등과 피비린내 나는 투쟁이 충분히 있을 수 있는 관계. 그러나 싸움 대신에 포용을, 징벌보다 감화를 택하는 지혜로운 신라인이었기에 나라의 재앙까지도 물리칠 수 있었다. 외국인은 물론, 온갖 이질문화를 적대시하거나 배척함 없이 품어 안는 이 놀라운 신라인의 포용력이야말로 오늘날 우리가 계승하여야 할 문화적 태도가 아닌가 싶다.

그러나 이 수용적인 문화적 태도가 무조건적이어서는 문화적 예속화를 초래할 것이다. 내 것에 대한 무한한 자긍심이나 예술적 심미안이 없어서는 안 되는 것. 신라인들에게는 바로 그 든든하고 힘 있는 주체성이 있었다. 인도의 불상이 중국을 거쳐 신라로 왔으나 그 시원지인 인도보다, 또 경유지인 중국보다 더욱 아름답고 세련되고 안정된 모습으로 탄생될 수 있었던 것은 바로 신라다움이라는 주체성이 없었다면 불가능했을 것이다. 온갖 다양한 이질문화라도 모두 녹여 찬란한 우리 문화로 새로이 창조하는 용광로의 기능을 한 곳이 바로 이 경주, 신라의 옛 수도였다.

그렇다. 역사적으로 경주는 세계적(global)인 것과, 지역적(local)인 것이 한데 결합하여 재창조되는 곳, 곧 글로컬리제이션(glocalization)의 도시이었다. 그러기에 98경주세계문화엑스포는 20세기는 중앙집권적 문화가 지배했지만 21세는 지방자치적 문화가 윤택해지는 시대라는 명

98경주문화엑스포 퍼레이드(결과보고서 사진 자료)

제를 증명하듯, 그 미래 모델을 상징하는 행사가 되는 셈이다.

우리가 지금 현실적으로 체험하고 있는 다양한 지역축제가 지방화라는 구심운동이라면 세계화라는 원심운동에 의해 정보화되면서 세계로 확산되는 시대. 새 세기 문화운동이 구심력과 원심력에 의해서 그 기능을 극대화할 것이라면, 98경주세계문화엑스포는 그 최초의 기념비적 행사가 될 것이다.

잠자는 우리 신화 일깨울 북소리

글눈을 뜰 때쯤 읽게 되는 신비롭고 아름다운 그림과 이야기로 가득한 동화책. 그 속에서 우리는 세계 각국에서 전해 내려온 이야기와 그 주인공들을 만나면서 어릴 적 꿈을 꾸며 그들을 동경한다.

인어공주, 신데렐라, 지각이 좀더 들면 삼국지나 그리스 로마 신화를 읽으며 영웅을 꿈꾼다. 그러나 이렇게 책을 통하여 그들을 만나는 방법까지도 고전이 되는 시대가 되었다. 이제는 동영상이나 영화에서 만화적 캐릭터로 변신하여 울고 웃는 주인공들이 오히려 친근하고 익숙하다. 또는 그들은 사이버 공간에서 불쑥 튀어나와 우리를 끌고 들어가 같이 놀고 싸움질하자고 떼쓰기도 한다.

그 시공을 초월한 공간에서 우리는 그들과 함께 머리를 맞대고 생각을 짜내고, 모험을 하고 피 흘리는 싸움을 하여 동지애도 느끼며, 한 마디로 같이 숨쉬며 살아간다. 인간이 상상해낸 허구적 공간이 현실적 즐거움인 전자오락 게임과 어울리면서 만들어낸 이야기가 문화의 현재와 미래의 모습이다. 그런데 그런 외국의 이야기 주인공만큼이나 우리에게도 그보다 나으면 나았지 못하잖은 주인공들이 얼마든지 있다는 사실을 알 때가 되었다. 서양 중세의 기사보다 한결 더 용맹무상하며 인간미 넘치는 화랑이 우리에게 있다. 삼국통일의 유신랑이며, 어리되 당찬 화랑 관창이며, 노래 속에서조차 참이 되는 기파랑, 죽지랑 등이 이번 98경주세계문화엑스포의 마스코트 캐릭터로 부활한 것은 전통의 현재화 이상의 의미가 있다.

비너스나 아프로디테가 부러워 할 미녀, 수로부인도 있으며 그 미인을 두고 벌어진 신비로운 이야기도 전해 내려오고 있다. 그런 미녀를 둔 신격과 인간의 사랑싸움도 흥미롭다. 신분이나 나이를 초월하여 사랑을 나눈 이야기는 그리스 로마의 신화를 능가한다.

외국의 신화며 전설들에 비할 바가 아닐 만큼 아름답고 감동적인 우리의 신화, 천년 전의 설화 속에서 살았으나 그 후 천년 동안을 잠자고 있었던 신화를 깨워야 한다. 98경주세계문화엑스포의 북소리가 잠자는 우리의 신화를 깨울 것이다. 98경주세계문화엑스포가 제시하는 미래의 비전은 바로 문화산업이고, 그것은 21세기적 정보 언어로 생성될 것이고, 그 문화산업의 무궁무진한 자원의 보고가 바로 천년 고도 경주이다.

그리되면 옛 글과 이야기 속에서, 또 숨죽인 역사 속에서 살아 나온 지혜롭고 따뜻한 우리의 주인공들과 함께하는 경이로움을 경주에서 누릴 수 있다. 그러기 위해서는 먼저 문화 자원에 대한 무한한 경외심을 가지고 이들에 새 숨을 불어넣어 주는 것이 얼마나 긴요한가 하는 인식의 발상이 최급선무이다. 그 책무를 98경주세계문화엑스포가 다하였으면 한다.

21세기 문화르네상스 주도

다가오는 21세기는 문화적인 역량이 국가경쟁력을 결정하는 문화우위의 시대가 될 것이다. 이번 98경주세계문화엑스포는 세계의 문화를 수용하여, 문화의 세기를 주도하는 확고한 입지를 확보하고, 우리의 문화적 역량과 자산을 살리고 활용할 수 있는 좋은 기회이다. 또한 세계화와 동시에 지방의 시대를 맞는 시점에서 우리 문화의 정체성을 확보하고, 세계적 보편성을 획득하여 서구문화에 대해 우리의 독창성 있는 문화 이미지를 향상시켜 국제적 신인도를 제고하는 데도 한몫할 것이다.

무엇보다도 문화의 산업화에 대한 기여도를 무시할 수 없다. 소비주체들의 다양한 문화적 욕구를 문화상품으로 충족시키고, 전통문화상품 제작 과정을 시연, 참여유도를 통해 상품을 홍보하고, 상품 구매 의욕을 유발하는 이 모든 과정을 궁극적으로 우리 문화산업의 힘을 기르는데 직간접적으로 이바지하게 될 것이다.

98경주세계문화엑스포는 개최지인 경주에 문화적 인프라를 구축 하여, 세계적인 문화교류의 메카로 부상시킬 것으로 생각되며, 그 결과 경주는 인류 문화유산의 산 교육장으로서, 21세기 인류문화부흥의 중심도시로 거듭나게 할 것이다.

외환경제 위기로 국가적 위기사항인 시점에서 지역 및 국가경제의 활성화에 기여하는 바도 지대하리라 예상된다. 98경주세계문화엑스포 행사장을 찾는 관광객과 관광 상품 개발로 지역경제 활성화와 더불어 해외 관광 대체효과 및 외국관광객을 유치, 몇 년간 지속되어온 관광수지적지를 일시에 해소하는 계기가 될 수 있는 것이다.

이번 98경주세계문화엑스포의 기대효과는 무엇보다도 이 행사를 통하여 세계적 문화유산을 간직한 고도 경주가 천년의 무게를 떨치고 생명력을 되찾게 하는 것이다. 그리하여 우리나라 또한 세계문화의 중심 국가로 당당히 나설 수 있을 것이며, 우리 경북과 고도 경주는 문화교류의 메카로 부상하여 전 세계의 청소년들이 찾아오는 인류 문화유산에 대한 산 교육장이자 세계인들이 주목하는 문화관광산업의 거점이 될 것이다. 문화경북의 이미지는 문화의 21세기에 지역발전의 획기적 계기가 됨과 동시에 국가경쟁력의 원동력이 될 것이다.

양성 평등의 인류화합음악축제

음악과 춤과 악기를 통해 서로 다른 인종과 문화의 화합을 표현해 인류문화의 융화를 형상화해내는 세계 최초의 실험 공연인 '인류화합음악축제'가 문화엑스포 최고의 인기 공연물로 매일 2회 공연 때마다 2천 5

백여 석의 관객이 꽉 찬다.

　주제는 '우리는 하나'

　이 주제가 본 공연의 제목이었으면 하는 개인적인 생각이다.

　그런데 이 작품의 내용에 주목하면 페미니즘적 논의의 필요성이 제기된다. 원시로부터 현대에 이르기까지 인류의 역사를 갈등의 역사로 본 이 '인류화합음악축제'는 갈등과 투쟁으로 점철된 인류사의 결정적인 사건들을 옴니버스 형식으로 제시한다. 사냥춤의 원시시대부터 시작된 인간 간의 갈등은 중세와 유럽 르네상스 시대의 남녀 간의 갈등, 서세동점에 의한 동서양의 갈등, 민족과 이념 갈등으로 표출된 인류 최대의 비극 세계대전, 그리고 냉전과 반전의 시대를 거쳐 현대에 이르는 동안 갈등의 크기와 부피는 역사의 흐름과 함께 한없이 증폭된다.

　'인류화합음악축제'는 인류사를 강자와 약자의 양자 갈등구조로 파악하고 있으며, 여기서 강자와 약자, 물질과 정신, 서양과 동양 등의 이항 대립적 갈등을 여성에 대한 남성의 일방적 억압구도로 구체화하고 있다. 한 여성에 대한 여러 남성들 간의 싸움인 원시시대와 종교 갈등의 제물로 주저없이 제시되는 여성 희생양의 중세시대, 아름다운 남녀 한 쌍에 가해지는 여러 남자들의 폭력도 여성에 대한 추행, 그리고 여성에 대한 일방적 희생을 담보한다. 서양의 산업화 물결에 저항 없이 무너지는 동양의 무력함이나 전쟁 시대의 최대 희생자도 여성의 이미지로 형상화되어 있다.

페미니즘이 여성이 개인적으로 혹은 집단적으로 당하고 있는 억압과 차별을 '옳지 않은 것'으로 느끼는 '도덕적 감수성'에 기반하고 더불어 여성 억압의 물질적인 조건과 같이 이념적인 조건을 변화시키고자 하는 지향에 기여하는 것이라면 이 작품은 페미니즘적이다.

극이 진행하는 동안 60분짜리 야외공연은 대단한 집중력을 요구함에도 불구하고 관람객이 동요 없이 극에 몰입한다는 것은 극의 내용을 이해하고 충분히 공감한다는 반증이 된다. 한 여성의 노래에 하나둘 모여든 다양한 인종들이 음악과 춤의 어울림으로 자연스럽게 화합을 이루어내면서 인류의 화합을 기원하는 에필로그는 이 작품이 페미니즘에 대한 견고한 이론적 구조틀을 가지고 있다는 것을 알 수 있게 한다.

페미니즘은 남성에 대한 복수심이나 적대감에서 나오는 폭력적 실천이라는 오해와 편견은 상당히 왜곡되고 피상적인 이해에 기인한다. 페미니즘의 궁극적인 목표는 양성이 정의롭고 평등하며 평화롭게 사는 억압 없는 사회이다. 페미니즘이 저항하는 것은 이러한 사회에 이르는 길을 가로막는 다양하고 상이한 이념과 같이 관습과 제도인 것이다.

이 작품은 이제까지의 인류의 모든 역사가 그 저항의 대상으로 제시되고 새 세기의 역사는 남성과 여성의 양성화합으로부터 비롯되어야 한다는 공감을 이끌어내고 있다.

경주세계문화엑스포에서 만나는 '인류화합문화축제'는 진정한 인류

화합과 인류 평화는 남성과 여성이 편견 없는 평등을 이루어야 가능하리라는 강한 메시지를 웅변으로 제시하는 공연물이다.

문화엑스포 감상법

경주세계문화엑스포를 호기심과 신명을 가지고 보면 재미는 늘어난다.

이번 문화엑스포에서는 우리 것의 재발견 내지 창조적 모색을 시도하고 있다. 전시장과 공연장의 이름으로 되살아난 신라의 여러 문화 인물들을 엑스포에서 만날 수 있다. 향가 속에서 춤추었던 처용, 가난을 음악적으로 승화시킨 백결이 공연장의 이름으로 재생되고, 향가 짓던 음유시인 월명, 신기의 화가 솔거, 신라 최고의 조각가 아사달이 엑스포에서 비로소 그 이름에 생명력을 얻고 있다. 문화엑스포에서 얻는 첫 기쁨이다.

'새 천년의 미소'를 주제로, 전승─융화─창조를 부제로 한 문화엑스포는 새 세기 문화에 대한 비전을 제시하여 새로운 천년, 문화의 천년을 인류 평화와 화합의 모습을 제시코자 하는 취지다. 주제를 알고 부제의 맥을 발견하면 문화엑스포는 평면적 나열 구성이 아니라 입체화된 모습으로 구성된 문화체험 공간임을 깨닫게 된다.

인류 문명 발상지의 문물을 비교 전시하는 세계 문명전은 과거 문화의 전승적 차원에서 기획하였다. '한 나라를 제대로 알려면 박물관을 가라' 라는 말이 있듯이 세계문명전은 문명 발상지 순례라는 고부가가치의 현장학습장이다. 따라서 이 전시관에서 우리는 한 차례 휘둘러보는 구경꾼이 되기보다는 '학생'이 되면 좋다. 공부하러 간다는 호기심으로 시작한 배우는 즐거움을 한 껏 누리자. 학생 관람자들의 경우 역사 교과서를 가지고 현장 확인하는 진지함도 필요하다. 세계문화의 현재 모습을 비교하고 그 융화를 모색해 보기 위해 준비된 세계 각국의 민속공연, 다양한 인종들이 각기 상이한 자연환경에 적응하면서 형성해온 전통적인 민속춤과 노래들, 이질적인 춤과 노래 속에서 우리와 다르지 않은 인간 삶의 동질성을 확인할 수 있다. 거기 다 신명을 보태어 함께 즐기면 인류의 화합은 시작된다.

공연자들은 모두 제 나라를 대표하는 문화사절단의 자격으로 이 문화엑스포 마당에 와 있다. 그들에게 진심어린 갈채를 보낸다면 최소한의 예의는 차릴 수 있다. 새 세기 예술의 방향성을 제시해 주는 비디오 아트쇼나 주제 영상물, 가을 풍치와 잘 어우러진 아사달 공원의 현대조각 작품, 월명실과 솔거실의 수준 높은 현대미술 작품들을 감상하게 되면 창조의 새 지평을 오감으로 느낄 일이다.

경주문화엑스포는 문화의 전승–융화–창조를 공부하고 체험하는 마당이다.

경주와 문화산업론

궁극적으로 문화산업은 오프라인 상의 관광산업 자원화를
가능하게 한다. 그것은 테마파크의 건설로서 가능하다.
우리 나라도 최근 테마파크의 중요성에 관심을 갖기 시작했다.
2000년 문화관광부는 관광비전21을 발표하면서
세계적인 테마파크의 유치 계획을 세우기도 한 바 있다.
특히 주 5일 근무제가 정착되면 현대 사회에서
가장 필수적인 산업으로 자리잡아 가는 여가산업으로,
그리고 관광인프라로서 테마파크의 성장 가능성은
거의 무한대라고 할 수 있다.

신라문화의 가치와 문화산업화 방안

1. 서론

경주에서는 '신라 천년의 古都 경주', '세계 最古의 역사·문화·관광도시'라는 캐치프레이즈를 쉽게 만난다. 그러나 경주의 고도로서의 모습은 산업화로 일관된 경제개발의 고도성장의 그늘에서 개발과 보존의 갈등, 문화와 경제가치의 갈등을 지혜롭게 해결하지 못한 채 점차 그 역사도시, 문화도시로서의 정체성을 잃어가고 있다. 그렇다고 산업화된 새로운 도시로 면모일신도 하지 못한 채 어정쩡한 현재의 모습에서 더 좋아질 것도 없는 표류를 계속하고 있다.

세기전환기를 맞아 인류가 가장 많이 고민하는 지난 세기의 반성은 무엇보다도 자연과 환경과 문화의 훼손이었으며, 새 세기에 풀어야 할 가장 시급한 과제도 바로 그것의 해결이라는 점에 이의를 제기하는 자는 그리 많지 않을 것이다. 경주는 바로 이 시점, 이 난제의 최적의 증좌가 아닐까 한다.

본고에서는 신라문화의 진정한 가치와 정체성을 되짚어보고 문화의 보존과 문화산업화 방안의 슬기로운 조화 모색을 시도해보고자 한다.

2. 신라문화의 가치와 정체성

"문화재는 국민에게 있어서 정신적 가치 또는 역사적 가치가 있는 사물 또는 事象으로 보호조치를 취하지 않으면 멸실, 훼손될 가능성이 짙은 국민적 재산"[1]이라는 정의나 "문화재란 문화를 광의로 이해하는 경우에 있어서의 인간의 모든 활동 또는 그 활동의 소산인 것과 이들과 밀접한 상호관계에 있는 자연적 환경으로서 학술적, 예술적, 관상적, 역사적 가치가 크고, 희귀성을 갖춘 유·무형의 국가적·민족적 유산"[2]이라는 정의가 유효하다면 경주는 도시 전체가 바로 문화재이다.

이러한 관점에서 현재 경주시의 문화재현황을 살펴보면 다음과 같다.[3]

○문화재 : 392점(전국의 5.5%, 경상북도의 30%)

○왕릉분포 : 56왕 37기(관내 36왕 36기)

○고분분포 : 1,000여기(도심 155기, 외곽 845기)

○문화재 보호구역 : 34.66㎢(국공유지 45%, 사유지 55%)

○사적 보호구역 : 12. 25㎢

---

1) 오세탁(1982), "문화재 보호법 연구", 단국대학교 박사학위논문, p.31.
2) 여기서 학술적 가치란 학문과 기술적인 가치를 갖는 것으로 과거문화를 복원할 수 있는 중요한 정보의 양이 많은 것을 말한다. 예술적 가치란 기예와 학문의 특징적 가치로서 제작자가 누구든지 간에 제작자가 가지고 있는 내면의 생각을 밖으로 표현하여 형상화시킨 정교한 것을 이른다. 관상적 가치는 보고 기리며 즐길 수 있는 가치로서 인공적인 것보다는 자연적인 것을 주로 말한다. 역사적 가치란 과거로부터 오늘에 이르기까지 역사의 변천과 발전의 과정에서 중요한 역할을 인정받는 것을 말하며, 마지막으로 희귀성은 드물어서 매우 귀중한 가치로 동일한 것이 있느냐 없느냐 하는 측면에서 유례가 드문 것을 말한다.

○문화재 분포

- 도심지역 : 황남 황오, 노동 노서, 인왕고분군, 황룡사지, 분황사,
  반월성, 첨성대, 안압지, 계림, 전량지 등
- 외곽지역 : 불국사, 석굴암, 감은사지, 문무왕릉, 금척리고분군 등
- 주요명산 : 남산, 토함산, 단석산, 명활산, 선도산 등의 불교유적

위와 같이 도심과 외곽지역을 가릴 것 없이 산재한 유형문화재 자원은 경주를 명실상부 노천박물관이라 지칭하는데 손색이 없다. 지금도 주거용 택지를 조성하거나 공공용, 또는 공장용 부지를 개발하기 위하여 땅을 파기만 하면 더할 수 없이 귀한 고고학적 가치를 지닌 문화재가 발굴되고 있으니 도시 전역이 유적지 아닌 곳이 없다고 해도 과언이 아니다.

또한 경주는 산재한 문화재뿐 아니라 경주를 미적으로 관조한 선조들의 지혜를 통해 알 수 있듯이 아름다운 도시경관도 훌륭한 자랑거리이다. 경주의 아름다운 풍광은 다음의 신라팔경[4]으로 대변된다.

---

3) 경주시(1997), 문화재업무현황.
4) 신라팔경은 신라팔괴(八怪)라고도 하며, 예의 10가지 중에서 논자에 따라서 8가지를 선택한다.
  참고로 신라 삼기(三奇)로는 金尺, 玉笛(萬波息笛), 神鍾(에밀레종)이 있으며 신라 삼보(三寶)로는 天賜玉帶,
  항룡사 구층탑, 황룡사 장육존상을 든다.

○ 문천도사(蚊川倒沙) - 남천의 거꾸로 흐르는 모래

○안압부평(雁鴨浮萍) - 안압지의 부평초

○백률송순(栢栗松筍) - 가지를 쳐도 순이 나는 백률사의 소나무

○금장낙안(金莊落雁) - 금장에서 반드시 내려앉는 기러기떼

○불국영지(佛國影池) - 불국사의 석가탑 그림자가 비치는 연못

○선도효색(仙桃曉色) - 선도산의 아름다운 새벽 빛

○오산만하(鰲山晩霞) - 금오산의 아름다운 저녁 노을

○계림황엽(鷄林黃葉) - 여름에도 색이 변하는 계림의 단풍

○남산부석(南山浮石) - 남산의 뜬바위

○ 나원백탑(羅原白塔) - 흰색이 변치않는 나원리 오층석탑

경주를 둘러싸고 있는 산과 강과 숲과 들이 절경 아닌 곳이 없을 정도인 것이다. 그러나 이 풍부한 문화재와 아름다운 도시경관은 신라문화의 가치를 논함에 있어 극히 일부분일 뿐이다. 신라문화의 진정한 가치는 정신사적 가치에 있다. 신라는 강대한 통일삼국의 민족대업을 성취한 힘있는 단일민족, 단일전통 문화 역사의 민족국가였다. 그 힘의 연원은 화랑도이며, 그 얼인 풍류도가 민족통일의 지도이념이 되어 한국의 정신계의 역사가 되었으며, 이후 선비정신으로 승화되었으니 신라정신은 신라이후 오늘날까지 왕조는 바뀌어도 변할 수 없는 민족 정기와 얼의 연원

이다. 이 신라 고유의 강력한 정신적 바탕 위에 수입된 불교문화가 습합하자 이 신라의 정신은 위대한 예술성으로 꽃피어 찬란한 불교문화를 이룬다. 불국사, 석굴암의 건축예술은 그 불교문화의 극치이다. 고승 원효를 비롯한 세계적인 불교학의 거장도 신라정신의 굵은 맥을 이룬다.

유학에 있어서도 해동유학의 조종으로 추앙되는 설총, 외교의 귀재 강수, 文名을 중원에까지 떨친 최치원, 위대한 국학자 김대문이 있다. 그 맥을 이어 여말 일연은 신라의 事蹟으로 위대한 역저 삼국유사를 집필하였으며, 선초 김시습은 금오신화를 이곳 경주 남산에서 완성했다. 동방 오현 회재 이언적으로 신라의 유학은 조선까지 맥류를 형성하여, 양동민속마을은 名儒의 고향다운 古拙함으로 이 경주의 또 하나 큰 자랑이다. 어디 그뿐이랴. 19세기 국내의 혼란과 외세의 침범 위협의 와중에 민중을 구하기 위한 동학의 깨침도 이곳 경주인 수운 최제우가 하지 않았는가. 실로 우리나라 사상의 큰 줄기는 모두 신라의 정신사적 정통성에 있는 것이다. 또한 신라에는 명장 이사부, 거칠부, 김유신이 있으며, 천고의 예술가 화성 솔거, 서성 김생, 악성 옥보고, 우륵도 있다. 문화예술인의 맥은 현대 문단의 동리와 목월에까지 닿는다.

신라인의 해외진출과 활약은 경이롭다. 해상무역을 장악했던 장보고와 신라가 당에 거류민 보호를 위해 건립한 신라방은 당시 신라인이 얼마나 진취적이었던가를 보여준다. 그뿐만 아니라 신라의 승려 수백 명이 구법을 위해 불교의 원조국인 천축이나 당나라에 갔었고 거기에서 활약한 사람도 적지 않다. 태평성세가 열려 불교가 융성의 극을 이루고 해외 교류가 번성하던 통일신라 300년 간에는 수백 명의 구법승이 인도, 서남아시아, 중앙아시아, 중국, 티베트 등지를 누볐을 것이다. 우리 역사에서 이름을 잊어버린 혜초의 『왕오천축국전』이 중국의 돈황석굴에서 발견되어 세상에 빛을 보게 된 것은 그것을 뒷받침하고도 남는다.

이 정신사적 전통성과 세계성을 두루 구비한 신라정신에서 우리는 새 세기가 요구하는 새로운 문화 패러다임의 모델을 발견할 수 있다. 경주의 신라문화에는 우리의 순수한 문화원형이 있다. 그것은 우리 문화의 정체성인 동시에 세계적 보편성을 획득할 수 있는 독창적인 정신문화가 될 것이니 그 중 하나가 바로 원효사상 '원융회통'이다. 20세기적 갈등의 비극을 종식시키고 정치와 경제의 모순되는 원리를 극복하는 길은 평등과 자유를 융합하고 회통시키는 문화원리가 最適이다. 자유와 평등의 보편적 가치가 지구 전체로 확산되고 실현되려면 20세기를 지배했던 서구식 배타적 문화원리를 신라의 이념이었던 원융회통으로 그 문화원리를 바꾸어야 한다. 유교와 불교와 선교가 신라에서는 갈등과 반목과 배타성 없이 하나로 융합하여 서로 조화를 이루고 있다.

신라의 정신은 바로 21세기가 요구하는 융합과 조화의 세계적 정신질서의 원형인 것이다.

3. 문화관광도시로서의 경주의 현재

경주는 신라 천년의 찬란한 문화를 꽃 피운 고대국가의 고도로서 풍부한 문화재 자원과 신비로운 이야기의 도시이다. 또한 우리 고대 민족 문화의 발상지로서 빛나는 문화유산의 보고일 뿐만 아니라 담 없는 노천 박물관으로서도 세계에서 손꼽히는 관광명소의 하나라고 자부할 만하다. 그러므로 그 문화적 가치는 고고학적, 예술적, 교육적으로 매우 중요하며 관광대상으로서의 가치도 대단히 크다.

그러나 70년대말 경주 개발의 기본 방향이 국제적인 규모의 문화관광도시를 조성하는 것으로 확정, 실현되자 오히려 역사도시로서, 사적관광도시로서의 풍취는 사라지고 보문관광단지와 같이 지나치게 인공적인 관광단지를 조성하면서 경주는 지금 극심한 몸살을 앓고 있다. 그것은 관광도시화와 문화재 보호사업간의 부조화 때문이다. 더구나 사업의 계속성을 유지하지 못한 채 잦은 계획변경으로 문화재 보존과 개발에 따른 주민과 행정기관과의 갈등은 해가 갈수록 증폭되고 있다. 특히 포항이나 울산 등 경주 인근 도시의 개발환수이익에 비해 경주시민들의 상대적 박탈감은 문화관광도시, 역사도시의 시민으로서의 자긍심을 요구하는 것이 지나칠 정도로 그 심각성이 크다. 고층아파트와 큰 현대식 건축물들이 들어서기 시작한 80년대말 이후부터 경주의 고도로서의 풍취는 거의 사라지고 없으며, 자연히 신라 천년고도의 역사성은 구호로서만 존재하기에 이르렀다.

또 하나의 문제점은 경주에는 거의 전 지역에 걸쳐 유적이 분포되어 있으나 대체로 건축시공을 전제하고 발굴을 진행함으로써 유적의 파괴는 공공연히 진행되고 있고, 그 정도가 대형화되어 있다. 그 최대 걸림돌 역할을 하고 있는 것은 모순된 현행 문화재관련 법규이다. 문화재 관리와 보호를 위한 중앙정부의 행정, 재정지원은 현실적으로 설득력을 얻고 있으나 경주를 지켜낼 마지막 대안인 '고도보존법'은 몇 년째 국회에서 표류하고 있다.

마지막으로 경주는 문화관광도시로서의 기능을 제대로 수행하기 위한 인프라 구축이 제대로 되어 있지 않은 큰 문제점이 있다. 그 한 실례로 문화재를 전문적으로 안내할 관광안내자 양성 기관도 없다는 점을 들 수 있다. 문화사적 자질을 갖추고 외국어 구사 능력도 있는 전문안내자의 양성은 시급하다.

4. 문화산업화 방안

경주발전 장기계획이나, 경북지역발전을 위한 갖가지 계획들을 보면 황홀하기 그지없다. 한 마디로 실현가능성을 염두에 둔 계획다운 계획은 하나도 없다는 것이다.

예를 들어 지난 5월 경북학포럼에서 주최한 '제4차 국토계획과 경북

지역발전 전략에 관한 심포지움'에서 발표 토론된 내용 중에서 경주의 발전방향부분을 잠시 살펴보면 그 이유를 짐작할 수 있을 것이다. [5]

구시가지 및 역사문화공간을 정비하기 위하여 용강공단 등 도심부적격 시설의 이전하고, 신라천년의 왕경지를 복원 추진한다. 그리고 주요 유적지 인근의 도심유흥시설을 단계적으로 이전하며 문화재 및 문화재 보존지구를 체계적 정비하고 그러기 위하여는 고도보존법을 시급히 제정 추진토록 한다. 관광도시로서의 원활한 접근성을 위하여 고속철도를 경주로 경유하게 하며 그 역사 주변에 소규모의 신도시를 개발하면 구경주를 고도로 복원하는 동시에 새로운 개발수요를 수용할 수 있을 것이다. 환경친화적인 신도시로 개발하기 위해 구릉지와 하천변을 활용하여 전원적인 신도시 형태로 조성한다는 것이다.

위의 두 제안은 대단한 고비용을 전제로 한 정책으로서 정부와 지방정부의 용단이 없이는 거의 불가능한 장밋빛 환상이다. 그보다는 작더라도 소홀히 하지 않으면 그 성과를 기대할 수 있는 과제들이 많다.

먼저 행정적 전문성을 확보하여 문화재 보존 관리업무를 강화하고, 연구기능을 확대해야 한다. 문화재 행정의 전문성을 살리고 효율화를 기

---

5) 박양호(1999), "21세기의 경북지역 SOC 건설과 문화산업 발전방향", 제4차 국토계획과 경북지역발전 전략에 관한 심포지움, 경북학연구포럼, pp. 109~110.

하기 위해서 무엇보다도 이 기능이 시급하다. 인력이 부족한 것은 아니나 문화행정마인드의 전환이 요구되는 사안이다.

그리고 과거지향적일 수밖에 없는 훌륭한 문화유산을 토대로 새로운 한국 문화의 창조에 기여할 수 있도록 미래지향적으로 나아갈 것이 요구된다. 문화유산을 연구하여 한국적 특성을 찾아내고 이를 새 문화 창출에 도움이 되게 함이 필요하다. 그것이 바로 문화자원의 관광자원화요, 문화산업화의 최선 전략이다. 그러기 위해서는 경주 전체가 하나의 상품이 될 것이라는 거시적인 안목을 가지고 정부와 지방자치정부와 시민과 전문가가 하나 되는 협력을 이끌어 내야 한다.

5. 결론

문화의 세기를 맞이하여 경주의 위상과 역할은 한국 문화계에서 이제까지보다 더욱 강조될 것이다. 이제는 시내외에 산재해 있는 문화재만으로는 더 이상 매력있는 문화관광도시 경주를 꾸려나갈 수 없다. 다가오는 문화의 세기를 맞이하여 경주를 진정한 의미의 세계적인 문화관광도시로 발전시켜 나가기 위해서는 시내의 간판 하나하나의 색상과 형태에서부터 시민의 표정에 이르기까지 모든 것이 천년고도에 어울리는 것이지 않으면 안된다. 그리하여 경주가 문화유적뿐만이 아니라 진정한 의미의 문화가 살아있는 도시로 거듭나야 할 것이다. 경주가 명실상부한 세계적인 역사문화도시로 정착되어 신라 천년의 고도의 모습을 국내외인들에 충분히 보여줄 수 있도록 노력을 게을리 말아야 할 것이다.

무엇보다도 21세기 문화의 시대에 경주시민에게 필요한 덕목은 천년고도의 주인이라는 자긍심과 곳곳에 산재해 있는 문화재가 세계적인 문화산업도시로 발돋움하는데 없어서는 안될 귀중한 자산이라는 문화의식이다.

(대경포럼, 1997)

경북 CT산업 발전 전략 : 문화콘텐츠 개발과 문화산업화

1. 문화보국 : 지역 문화가 최고의 CT자원

최근 들어 사회 각계에서는 정치, 경제에 못지 않게 문화의 중요성을 확인하고 있다. '문화가 중요하다', '21세기는 문화의 시대다', '문화수준이 경제성장을 늘인다'며 문화를 강조하고, 문화를 찬양하는 구호가 현란하다. 그러나 정작 우리가 근접하려는 문화의 실체가 무엇인지에 대한 설명이나 설정은 찾기 어렵다. 문화란 말만 늘어놓으면서 한 치 앞으로 나아가지 못한 채 동어반복에 머물고 있다.

문화에 대한 참된 인식의 예를 들어본다.

1952년이라면 피비린내 나는 한국 전쟁의 와중이었다. 3·1 운동 선언문을 기초한, 33인의 한 사람이었던 서예가 오세창은 전쟁 중인 그 해 새해 첫 날 이런 휘호를 쓴다.

"문화보국(文化保國)"

문화가 나라를 구한다는 뜻이다. 요즈음과 같은 평화의 시기도 아니고, 경제적으로 넉넉하여 문화적 생활을 향유할 수 있는 여유도 물론 없는 전쟁의 참화 속에서 문화를 통한 나라발전의 가능성을 살핀 것이 눈물겹다.

인간이 어떠한 상황에 처하였어도 견딜 수 있는 것은 상상력을 가졌기 때문이다. 문화는 상상력이다. 상상력은 문학을 비롯한 예술의 문화적 역량의 핵이다. 따라서 문화는 상상력의 형상적 결과물이라 할 수 있고, 과학은 인간의 문화적 상상력을 가시적으로 실현시키는 기술이라 할 수 있다. 문화와 과학이 인간의 삶의 질을 높이는 두 축이라면 先문화 後과학이 되는 셈이다.

환경단체에서 처음으로 사용한 '세계적으로 사고하고 지역적으로 행동한다'는 슬로건이 지역문화의 중요성과 관련하여 여러 분야에 많이 차용되고 있다. 이 슬로건을 문화에 대입해보면, 세계적 문화자원을 경상북도에서 만들어 판다는 의미로서, 일종의 장소판촉(고장판촉, place-marketing)적 적용이 될 것이다.

문화산업의 궁극성은 바로 장소를 파는 사업이라는 인식이라 할 수 있다. 그런 점에서 5T산업 중 CT야말로 가장 친지역적 분야다. 그 지역 최고의 자질을 보유하고 있다는 점에서 지역성과의 긴밀성을 배제하면 안 된다는 의미다. 경북의 문화자원은 경북 아닌 곳에서는 있지도 않을 뿐더러 잘 만들 수 없다는 점에서 친지역적이라는 뜻이다.

문화컨텐츠는 정보자동차로 적절하게 비유된다. 아무리 훌륭한 고속도로를 만들어도 유용하게 이용하는 자동차가 없다면 소용없듯이 세계 제일의 고속정보망도 훌륭한 콘텐츠가 없으면 쓸모없다는 의미에서 그렇다. 그러나 문제는 정부나 지방정부, 혹은 문화콘텐츠 제작회사마저도 문화콘텐츠에 대한 인식이 전무하거나 왜곡되어 있다는 것이다. 그 때문에 우리나라는 세계 제일의 광역적인 정보망을 구축하였다고 자랑이 대단하나 불량콘텐츠가 양산되어 사회적 부작용은 심각한 수준이다. 음란사이트의 무차별 공세에 치를 떠는 국민도 많고, 자살사이트는 수많은 동반자살자를 양산하고, 폭탄사이트에서는 폭탄을 제작, 사회적 테러를 불사하는 경우를 경험하기도 하였다.

또한 문화콘텐츠는 문화정보화의 초기단계를 이르는 것만이 아니다. 하드웨어만이 전부가 아니며, 자료의 정보화만도 전부가 아니다. 한국민족문화대백과사전(동방미디어주식회사 제작) 등 기록문헌 자료화도 중요한 문화콘텐츠이지만 결론적으로는 그것들의 집적에서 비롯하여, 이어서 창출되는 고부가가치화가 더 중요하다. 그것이야말로 전략적 의미의 CT라 할 것이다.

그런데 정부에서 강력하게 지원하는 한국문화콘텐츠진흥원에서조차 문화콘텐츠에 대한 인식을 왜곡하고 있음을 그들의 사이트맵의 구성을 보면 잘 드러난다. 애니메이션, 캐릭터, 게임, 음악 등으로 구성된 문화콘텐츠에 대한 분류는 문화지원의 콘텐츠에 대한 인식이라는 앞서의 단계 없이 가공된 콘텐츠로만 인식만 되어 있다. 우물에 가 숭늉 찾는 격이 아닐 수 없다. 지역에서, 최소한 지방정부에서 문화콘텐츠에 대한 제대로 된 인식과 대처를 해야하는 이유가 여기에 있다. 지역에 있는 다양한 문화자원을 집적하고 가공하여 고부가가치를 창출할 문화콘텐츠 구축의 시작과 끝은 그 문화자원을 보유한 지역에서라야 가능하다는 것이다.

본고에서는 경상북도의 CT산업 기반 검토와 문화콘텐츠 구축 단계와 발전 전략에 대해 논의하겠다. 나아가 유무형의 문화자원을 정보산업기술로 디지털화하는 자료의 집적화는 물론, 궁극적으로 문화산업, 관광산업 자원화방안은 물론, 문화상품으로 가공하여, 다시 테마파크화하여 경상북도를 장소판촉하는 시너지 효과를 꾀하는 전략이 될 것이다.

2. 경북의 CT 산업 준비 현황

경상북도는 경상북도 새천년 만들기 구상에서 "디지털@경북" 정책을 수립, 도민정보화 확산에 노력해왔다.

21세기 지식정보화시대를 대비한 이 정책은 민·관·산·학의 협력으로 지역정보화를 효율적으로 추진하고 지역경제활성화를 위한 다양한 정보화 시책을 발굴·추진하고자 하는 목표를 가지고, 2000년 12월 "디지털@경북"건설 협의회를 구성하고, 2001년 3월 13개 공동추진 합의기관별 자체계획 수립 및 종합추진계획을 수립하였다.

중요한 추진시책을 살피면 먼저, 정보인프라를 구축하여 중앙부처에서 읍면동까지 전 행정기관간 고속 정보통신망을 구축 완료하는 것이다.

그 다음 선진행정 구현을 위해 도와 23개 시군간의 영상회의시스템을 설치하여 회의, 교육 등 출장으로 인한 업무공백을 방지하고 예산을 절감하는 효과를 거두기도 하였다. 그뿐 아니라 디지털새마을 운동을 전개함으로서 실제로 "디지털@경북"건설을 프로그램을 구체화하고 있다.

CT산업의 인프라와 관련한 시책으로는 전자관광 시스템을 구축한 것이다. 인터넷을 통한 경주세계문화엑스포 및 지역관광자원 홍보를 통해 도내관광산업 활로를 개척하여 지역경제를 활성화한 것이 그 예이다. 구체적으로는 2000 경주세계문화엑스포 공연을 실시간 웹방송하고 관련정보를 데이터베이스화하였다. 그 후 경주중심의 관광정보를 도내 전역으로 확대하여 관광문화 포탈사이트인 "경북나드리"를 건설, 지역관광정보를 원스톱으로 서비스하고 있다. 외국어 서비스를 확대하고 지역특산품, 교통, 숙박 등 전자상거래를 위한 쇼핑몰을 구축할 것과 인접한 강원, 충북 등 인근 시도와 연계하여 종합관광여행 정보를 제공할 것이라고 계획하고 있다.

그러나 경상북도 역시, 정부와 마찬가지로 하드웨어적 정보망 구축에 급급한 실정과 문화콘텐츠에 대한 인식의 부족으로 지역적 특성을 갖춘 문화 콘텐츠는 전무한 실정이다. 단, 일찍이 경주를 중심으로 한 신라문화권, 안동을 중심으로 한 유교문화권, 고령을 중심으로 한 가야문화권 등 3개 문화권역이 우리 문화의 원형이라는 인식을 한 바 있어 그들의 디지털자원화 마인드는 제법 형성되어 있고, 경주세계문화엑스포, 안동유교문화축제 등을 개최하여 문화자원을 이용한 관광자원화하는 등 고부가가치화에 대한 인식이 확산되고 있으며, 거기에서 한 단계 더 발전하여 드디어 경주에 VR기술을 중심으로 하는 첨단문화산업단지를 조성하는 계획이 확정됨으로써 CT산업의 준비를 타시도에 비하여 비교적 체계적으로 확보하여왔다고 할 수 있다.

3. 지역학 DB 구축 단계

경북은 이제까지 추진해왔던 지역정보화 기반 구축사업에 힘입어 이제는 지역 현실에 대한 소프트웨어적 구축사업에 진력하여야 할 것이다.

무엇보다도 가장 먼저 지역학(지역한국학) 자료를 디지털 콘텐츠로 구축하여야 한다는 뜻이다.

지역 한국학 자료는 지역만이 보유하고 있는 가장 고유한 콘텐츠이기 때문에 이를 토대로 지역사회의 사회, 물리적 자원을 혼합하여 효과적으로 활용할 수 있는 정보체계의 구축을 통해 지역발전의 새로운 길을 모색할 수 있을 것이다. 이는 지역 독자적인 문화 자산을 중심축에 두고 지역발전을 추구하는 구체적이고 실천적인 모색이다.

지역학 DB 구축 사업은 새로운 사고와 삶의 틀이 요구되는 21세기, 문화의 세기에 대비하여 선진문화 대국 국민으로서의 문화의식을 고취하고 민주시민의 창조적 역량을 계발하여 세계사의 흐름에 능동적으로 대처할 수 있는 가장 기본적인 사업이다. 또한 국학 연구자들에게 정확하고 신속한 독창적인 학술정보를 제공할 수 있는 선진 연구환경을 조성하여 지적 인프라를 조성, 지식의 고부가가치화를 앞당길 수 있는 사업이다. 이와 아울러 지방자치단체의 행정 운용에도 직접 활용할 수 있도록 지역자료 및 정보지원의 기능을 갖도록 하여 경쟁력을 제고할 수 있을 것이다. 이 콘텐츠는 지역의 홍보사절 기능을 톡톡히 할 수 있다. 즉 문화인프라와 지역경제와 연계한 홍보 전략을 통해 부가가치 높은 다양한 문화상품을 개발, 지역산업의 경쟁력을 확보할 수 있다는 것이다. 이 지역이 간직한 풍부한 문화 자료들을 체계적으로 정보화함으로써 이를 바탕으로 세계의 다양한 문화를 융화하여 새로운 인류문화를 창출할 수 있을 것이다.

그러기 위하여 먼저 실시할 수 있는 방법 중의 하나는 지역에 관련된 문헌을 발굴하고 디지털 기술로 종합하는 것이다. 각 지역과 대학의 도서관이나 문중, 개인들이 소장한 자료를 파악하고 복사하여, 이미지 파일과 텍스트 파일로 구축하여야 한다. 또한 규장각이나 정신문화연구원 등에 소장된 지역 관련 자료를 선별하고 DB화하는 것이라든지, 19세기의 지방지도 자료와 지명 연구 자료를 수집·종합화하는 일도 시급을 요하는 것이다. 정신문화연구원 간행의 고문서집성 등에 수록된 자료의 디지털화는 물론, 기타 국내의 대학이나 박물관에 소재하고 있는 지역자료를 조사하여 내용을 확보하는 일은 쉽지는 않으나 불가능한 것이 아니다. 더 나아가 일본의 동경대 지지류, 경도대학 임난전 판본, 동양문고 지지류, 학습원 대학의 호적대장, 천리대학의 지지 및 문집류, 구택대학의 임난전 고문서, 동북대학의 조선 후기 자료, 봉좌문고의 임난전 문집 등에 소장되어 있는 지역관련 자료도 노력과 투자의 정도에 따라 확보되는 정보가치는 무한하다. 문화관광부에서 추진하고 있는 국내 각종 도서의 DB구축과 공공도서관의 디지털 자료실 실시 정책에 연계하여 정리와 이용의 효율화를 이룰 수 있는 방법도 모색해볼 만하다.

이렇게 집적화한 자료는 전문가들이 상주할 가치를 느낄 수 있도록 고급의 다양한 학문적 편의를 제공할 뿐만 아니라, 상업적 포털기능을 도입하여 다수의 대중에게 적극적으로 문호를 개방하기 위하여 반드시 표준화된 데이터 정리 및 검색시스템을 갖춘 웹버젼으로 설계 · 운용되어야 한다.

DB를 구축하고 검색시스템을 표준화하기 위한 데이터 수집 방식의 표준화 데이터 정리 및 가공방식의 표준화, 검색시스템의 표준화 등 세 가지 방향에서 방법 모색이 이루어져야 한다. 또한 텍스트 자료, 이미지 자료, 사운드 자료를 디지털화하는데 필요한 고학력의 전공자와 기술요원이 동원되어야 한다는 점에서 고용창출의 효과도 얻을 수 있다.

4. 디지털 복원 : 문화재 자료 복원 단계

지역에 산재한, 보존해야 할 문화재를 더 이상 훼손되기 전에 보호하고, 훼손문화재는 재빠르게 복원하는 방법으로 디지털 복원 기술이 있으며, 이 기술이야말로 현대 첨단기술이 인류의 문화재에 기여하는 최고의 선물이 될 것이다. 컴퓨터 기술과 방대한 사료의 환상적으로 조화가 빚어낼 효과는 무궁무진하다.

지금까지 국내나 국외에서 행해진 디지털 복원의 사례를 먼저 살펴본다. 디지털 명동성당은 3차원 레이저 스캐닝 기법으로 실측한 뒤 3차원 캐드 도면으로 저장한 문화재다. 디지털 데이터를 만들기 위해 레이저 정밀 카메라를 들고 유적의 세부사항을 일일이 촬영한 뒤 정밀 보정 작업을 거쳐 어느 각도에서든 원형을 재현할 수 있도록 했다. 백제금동용봉대향로, 은진미륵불상, 익산 미륵사지석탑 등이 이런 방식을 통해 3차원 형태로 복원됐다.

고구려 고분벽화인 강서현무도는 상상 속의 동물 현무가 서로 휘감고 있는 세부 표현이 매우 사실적일 뿐만 아니라 고구려인의 유연한 듯하면서도 팽팽한 긴장감이 느껴지는 걸작이다. 현무도의 예술성과 중요도 때문에 2차원 벽화를 3차원 애니메이션으로 재현했는데, 벽화에서 보지 못한 현무의 역동적인 모습이 잘 드러나 있다. 뱀의 비늘이나 거북 무늬의 선명함을 디지털로 살려내자 벽화에 정지돼있던 현무가 벽을 박차고 뛰어나온 것처럼 느껴진다. 그 외 전남 무안의 사찰인 미륵사나 현존 최고의 건물인 안동 봉정사 극락전, 경주의 세계문화유산인 불국사와 다보탑, 석가탑도 컴퓨터 시뮬레이션에 의한 복원이 가능하다.

외국의 대표적 사례로는 그리스의 아테네의 아크로폴리스에 있는 파르테논 신전을 들 수 있다. 파르테논신전은 도리아식 신전의 극치를 나타내는 걸작으로 유럽 건축 역사의 모델이 되어왔다. 영국 대영박물관의 그리스실에서 조각의 원본을 감상한 후 영상실에서 디지털로 복원된 파르테논 신전과 조각을 가상으로 체험할 수 있도록 복원되어있다.

미국 스탠퍼드 대학에는 다비드상 등 미켈란젤로의 우수한 조각품을 한 자리에 모으는 '미켈란젤로 프로젝트'를 추진 중이다. 3차원 입체기술이 도입되는 이 프로젝트는 다양한 시뮬레이션 기술을 이용해 현실감 넘치게 복원했다.

언젠가 '현재'였고 지금은 과거가 돼버린 문화유산. 선조가 남긴 문화재를 소중히 간직해야 하는 이유는 이들 문화재가 인류사의 연속성을 유지시켜주기 때문이다. 훼손되기 쉬운 문화 유산의 영원한 존속을 보장한다는 디지털 복원은 과연 무엇이며 어떻게 이뤄지는 것일까.

'디지털 복원'이라는 단어는 원래 없다. 따라서 지금까지 '디지털 복원학'이라는 학문도 존재하지 않았다. 다만 이와 비슷한 외국의 사례로 영국에서는 몇 년 전부터 '버추얼 아키알러지(Virtual Archaeology)'라는 단어를 쓰고 있는데, 우리말로 옮기면 '3차원 고고학' 정도로 번역할 수 있다. 하지만 우리나라의 경우 고고학의 범위가 완전하지 않기 때문에 영국식의 고고학을 수용할 수 없다. 따라서 기록이 없는 고고학과 기록이 남아 있는 역사학을 포괄한, 역사 이전과 역사 이후 시대를 모두 포함할 수 있는 용어로 디지털 복원학이란 단어가 탄생했다.

디지털 복원학은 고대 문화를 디지털 기술로 재현해내는 학문으로 정의할 수 있다. 반만년이라는 엄청난 시간, 그리고 그 속에 숨어있는 우리의 역사를 영상으로 끄집어낼 수 있다면 그 얼마나 소중한 유산이 되겠는가. 우리 역사의 맥과 의미를 후손들이 길이 간직할 수 있으려면 디지털 복원이 문화재 복원의 큰 흐름을 이뤄야 한다. 지금은 존재하지 않거나 불완전한 문화재를 과거의 사료와 고증을 거쳐 다시 탄생시킬 수도 있고, 현재의 문화재를 디지털 형태로 감상하고 간직함으로써 향후 훼손에 대한 대안을 마련할 수 있기 때문이다.

그렇다면 디지털 복원은 어떻게 이뤄지는 것일까. 문화재를 복원하기 위해서는 철저한 고증과 수많은 자료를 바탕으로 현장 답사와 실측을 통해 진행되어야 한다. 이것은 아날로그 복원이나 디지털 복원 양측에 모두 해당하는 철칙이다. 이를 위해 먼저 복원 제작의 출발점이 되는 기획과 환경결정 작업을 수행한다. 이 단계에서는 제작 관계자들이 모여 제작하고자 하는 문화재의 종류와 역사적 배경, 프로그램 체험시간, 사운드 효과, 배경음악의 선곡 등 작품 제작에 관한 전반적인 사항을 토의하고 결정한다. 또한 문화재 복원에 3차원 스캐닝 방법을 사용할 것인지 여부도 결정해야 한다.

3차원 스캐닝은 복원하려는 대상에 레이저빔을 발사한 후 반사되는 각도의 수치 데이터를 기록해 3차원으로 표현하는 방식이다. 예를 들어 레이저빔용 정밀 카메라를 이용해 레이저빔을 발사하면 광선이 복원 대상에 맞고 돌아오는 시간을 정밀하게 계산해 수치화하고, 이를 지도처럼 미세한 3차원 등고선으로 명암과 굴곡을 표현한다. 이런 작업을 거치면 불상의 경우 잘 잡아내지 못하는 눈꼬리, 입술, 콧망울 등 매우 미세한 특징까지 잡아내 원형처럼 생생한 느낌을 살려낼 수 있다.

기획과 환경결정 작업이 마무리되면 복원하려는 문화재에 관련된 복원 도면과 논문을 수집해야 한다. 완전하든 불완전하든 현재 존재하는 문화재를 답사해야 하고, 그밖에 도움이 되는 문화재의 미니어처를 만들거나 촬영해야 한다. 또한 기타 유사한 문화재의 국내외 자료를 수집하는 등 문화재 관련 자료를 최대한 모아야 한다. 복원 작업에 들어갔을 때 자문해줄 수 있는 문화재 관련 권위자를 자문위원으로 위촉하는 것도 빠져서는 안될 필수적인 요소다.

이제 시나리오와 스토리보드 작업에 들어갈 차례다. 가상현실 세계에서는 사용자가 모든 것을 통제하고 움직일 수 있지만, 제작자가 의도한 시나리오가 효율적일수록 가상세계로의 여행에 도움이 된다. 따라서 시나리오의 작성은 가상현실 제작과정에서 가장 중요한 작업이라고 할 수 있다. 하나의 스토리를 만들어 문화재에 대한 정보를 얻음과 동시에 재미도 충족시킬 수 있는 엔터테인먼트 요소도 겸비한 시나리오를 작성하면 더욱 금상첨화다.

스토리보드란 화면을 대상으로 장소, 상황, 동작, 타이밍, 효과음을 기록한 일종의 장면 스케치로, 영화의 경우 촬영대본과 같다. 이후의 모든 작업은 스토리보드를 기준으로 이뤄지므로 작품 제작의 설계도라고도 할 수 있다. 이 단계에서는 여러 고증된 역사 자료를 통해 문화재가 갖는 특성을 바탕으로 작업한다. 예를 들어 석굴암의 경우 동이 튼 후 처음 빛이 비추는 곳이 본존불상이라는 특성을 고려해 카메라의 앵글이 햇빛처럼 산등성을 타고 석굴암 내부에 들어가 본존불을 비추는 등 사실적 묘사와 함께 문화재를 자세하고도 생생하게 관찰할 수 있도록 스토리보드를 제작해야 한다.

문헌 기록과 고증을 통해 사전 준비작업이 끝나면 복원도면을 디지털화해 3차원 모델링 작업을 한다. 모델링은 컴퓨터 시스템을 활용해 복원 대상을 3차원으로 묘사하고 배치하는 것이다. 이 단계에서는 복원 대상의 정면, 측면 등 다양한 곳에서 본 모습을 스캐닝한 수치 데이터를 이용해 3차원 모델을 완성한다.

3차원 모델링 작업을 할 때 염두에 둬야 할 문제는 모델의 전체 다각형 갯수다. 여기서 다각형은 3차원 복원 대상을 구성하는 선의 숫자로 이뤄진다. 복원 영상은 수많은 선들로 구성돼 있는데, 선의 숫자가 많으면 많을수록 세밀하고 선명한 모습을 띤다. 하지만 무작정 전체 도면을 바탕으로 모델링을 하다보면 자료의 양이 방대해질 뿐만 아니라 쓸데없는 부분까지 복잡한 모델링 작업을 거쳐야 하기 때문에 많은 시간을 낭비할 수도 있다. 따라서 부문별로 중요도를 점검하고 구분하는 것이 좋다.

다음으로 질감 표현 작업에 들어가야 한다. 모델의 다각형의 수를 줄이면 물체의 형태를 자세히 표현하기 힘들 때가 있는데, 이 경우 세부 이미지를 2D 제작도구를 이용해 정교하게 만든 후 물체에 입히면 문화재의 질감과 형태를 좀더 사실적으로 표현할 수 있다. 즉 다양한 정보 수집을 통해 얻은 사진을 포토샵 등과 같은 제작도구를 사용해 사진의 선명도와 그림자 등을 수정?보완한 후 모델링에 덧씌운다. 마치 회색의 콘크리트 구조물에 벽지를 바르는 과정이라고 생각하면 이해하기 쉽다. 모델링과 질감 표현이 끝나면 가상현실 프로그램에 들어간다. 디지털로 복원된 문화재를 가상현실 세계에서 좀더 쉽게 다가갈 수 있도록 탐색운행 경로, 사운드, 상호작용 등을 부과하는 과정이다.

이런 일련의 디지털 복원 과정을 거친 복원 영상물은 가상현실 공간에서 최종적으로 감상할 수 있다. 일반적으로 가상현실 공간은 서라운드

스크린과 서라운드 사운드를 갖춘 프로젝션 기반의 몰입형 시스템인데, 사방을 에워싼 좌측, 정면, 우측 벽과 바닥에 3차원 영상을 프로젝터가 비춤으로써 생생한 가상환경을 경험할 수 있다. 여기에 위치 추적장비와 3차원 입체 안경, 3차원 마우스 등이 더해져 사용자는 3차원 입체안경을 착용한 후 눈에 비쳐지는 이미지 중 좌측 이미지는 사용자의 좌측 눈에, 우측 이미지는 사용자의 우측 눈에 각기 다른 각도의 이미지를 전달받을 수 있다.

가상현실을 체험하는 대표적인 시스템으로 '케이브'가 있다. 케이브는 1992년 일리노이주립대 시각화 연구소에서 개발한 것으로, 현재 전 세계 약 1백여 개의 연구소나 박물관에 설치돼 있다. 이미 일본, 오스트리아, 그리스에서 케이브 환경을 이용한 문화재 디지털 복원이 이뤄진 바 있다.

가상현실로 만날 수 있는 디지털 복원의 형태는 어떤 것이 있을까. 지금 현재 존재하지 않는 문화재는 어떤 형태로 만날 수 있는 것일까.

디지털 복원은 복원 대상에 따라 크게 다섯 가지의 형태로 나눌 수 있다. 회귀 복원, 원형 복원, 가상 복원, 유지 복원, 체험 복원이 그것이다.

먼저 회귀 복원은 현재 남아있는 유적이지만 본래 형태를 찾아가는 복원을 의미한다. 예를 들어 현재 남아있는 불국사는 통일신라 당시의 모습이 아니다. 1592년 임진왜란 때 왜군에 의해 불타버린 후 조선시대

건물 양식으로 다시 복원한 것으로 진정한 복원이 되려면 신라시대 양식의 불국사를 만들어야 한다.

원형 복원은 미륵사 황룡사처럼 지금은 존재하지 않는 과거 유적에 대해 그 당시의 원형으로 복원시키는 것을 말한다.

가상 복원은 말 그대로 새로운 유적을 발굴하기 전 영상을 사전에 복원하는 것으로, 진시황릉이 대표적인 사례다. 영화 '진용' 으로 유명한 진시황릉은 아직 발굴되지 않고 그대로 놔둔 처녀분이다. 진시황릉 지하궁전은 동서 4백85m, 남북길이 5백15m로 추정되는데, 이렇게 방대한 규모의 지하 궁전은 세계 역사상 그 유례를 찾아보기 힘들다. 현지 중국 섬서사범대 마치 교수를 비롯한 중국학자들의 설명에 따르면 진시황릉이 있는 지하 깊숙한 곳은 사방이 수은으로 막혀있다. 바로 발굴에 들어갈 수도 있겠지만 지하궁전을 발굴하기 위해 개방할 경우 내부 부장품들이 산화돼 손상된다. 따라서 산화로 인한 부식기술을 제어할 수 있는 신기술이 나오기 전까지는 그대로 덮어둬야 한다. 결국 중국 정부는 출토한 유물을 훼손하지 않고 과학적으로 보존할 수 있는 방법을 개발할 때까지 진시황릉 뿐 아니라 중국 전역에 산재해 있는 수많은 유적지를 발굴하지 않는다는 방침을 세웠다. 하지만 신기술이 나올 때까지 10년이고 1백년이고 무작정 기다릴 순 없지 않은가. 가상 복원은 이런 경우 필요하다. 가상발굴의 개념은 발굴 후의 영상 복원이 아니라 실제 발굴 작업에 착수하기 전 발굴 유물의 상태와 발굴 유적의 공간 배치 구조에 대한 사전 조사이기 때문에 가상 추정에 가깝다고 할 수도 있다. 따라서 발굴 예정지의 규모와 형태를 발굴 전 영상 시뮬레이션을 통해 사전에 검토해 실제 발굴할 때 유물의 손상을 피하고 효과적인 발굴을 돕는다.

유지 복원은 처음 발굴했던 그 상태 그대로 유지하는 것이다. 대표적인 사례로 무령왕릉의 복원을 꼽을 수 있으며, 맨 처음 왕릉문을 열었던 첫 발굴 당시 모습을 재현해 무령왕릉의 원형을 되찾는 방식이다.

체험 복원은 최첨단 디지털 미디어를 통한 타임머신적 복원으로, 일종의 디지털 과거여행으로 이해하면 된다. 지금 디지털 복원에서 주는 현실감으로는 타임머신적 체험 복원의 수준에는 이르지 못하고 있다. 아직 컴퓨터 기술이 타임머신에 타고 있다는 느낌을 줄 정도까지는 발전하지 못했다는 얘기다. 진정한 체험 복원은 가상 공간의 문화재가 가상인지 실제인지 구분하지 못할 정도로 사실적이어야 하는데, 체험 복원의 형태까지 이르려면 10-15년 정도 더 지나야 할 것으로 예상된다. 그렇게 된다면 공상과학영화에나 등장하는 타임머신을 실제로 타고 다닐 순 없더라도 동일한 정도의 과거 경험이 가능하지 않을까.

디지털 복원은 기존의 논문이나 종이책 문화에 고착돼 왔던 과거 역사에 대한 이해를 영상의 힘을 통해 한층 더 확장시켜줄 것이다. 하지만 모든 이론이나 학설과 마찬가지로 디지털 복원도 '이럴 것이다. 이럴 수도 있다. 이랬지 않겠느냐?' 등의 추측이나 영상적 학설일 뿐 사실이 아닐 수도 또는 잘못 복원해 역사를 왜곡할 수도 있다는 한계를 부인하지 않는다. 다만 그 당시 환경과 현재 보유한 자료와 데이터를 통해 가장 가깝게 그 시대를 복원하느냐 또는 좀 미흡하게 했느냐 라는 차이는 있을 것이다. 또한 단순히 영상 기술로만 이뤄질 수 있는 것이 아니라 기존의 문헌사학자, 미술사학자, 고고학자들의 부단한 발굴 성과나 진일보한 고증과 논문의 힘이 뒷받침돼야 한다. 이런 인문학자들의 적극적인 노력에 컴퓨터 영상관련 디지털 엔지니어나 그래픽 아티스트에 의한 효과적인 미디어 운용이 겸비될 때 비로소 완벽한 고대 문화의 재현이 이뤄질 수 있다.

인류가 보존해야 할 귀중한 문화유산인 문화재는 훼손되기 전에 보호돼야 하고, 훼손된 문화재는 빠른 시간 안에 디지털 복원이 이뤄져야 할 것이다. 점점 더 정체성이 사라지는 현대 사회, 오늘의 삶을 사는 현대인들에게 자신이 과거로부터 어떻게 이어져 왔는가를 보여주고 다시 현재를 바탕으로 미래를 살아갈 수 있는 해답을 제시한다는 것이 디지털 복원의 진정한 의의가 아닐까.

5. 교육콘텐츠 개발 : 콘텐츠의 재생산 및 확대 단계

　세계에서 가장 훌륭한 도서관 중 하나인 미국의 스미스소니언 도서관도 디지털 시대에 살아있는 지식을 전달하기에는 역부족이다. 인터넷은 인간의 두뇌로는 매우 제한적일 수밖에 없는 자료 입력, 저장, 출력 기능을 과거 어떤 수단과 비교할 수 없을 정도의 방대한 규모로 확장시켜 준다. 지식기반사회에서 생존의 이유로 e학습혁명을 강조하는 것은 인터넷이 세계에서 가장 방대하고 수초마다 쏟아지는 엄청난 지식을 그나마 빨리 축적할 수 있다는 전제조건 때문이다.

　세계 각국의 교육계는 이러한 인터넷의 속성을 최대한 활용하는 방향으로 학습혁명을 위한 파격적인 발상과 아이디어를 잇달아 선보이고 있다. 특히 교사와 학생을 이어주는 교과과정(교과서)을 살아있는 생물체로 만들기 위해 정부 기업 모두 사활을 걸고 있다. 미국의 경우 '살아있는 전자교과서'의 성장잠재력을 높이 평가해 밴처자금까지 이 분야로 몰리고 있다. 현재 미국의 교육 컨텐츠시장은 약 40억 달러 규모로 추정되지만 매년 40%이상 높은 성장세를 거듭하고 있다. 메릴린치보고서(Knowledge Web)는 "학습혁명을 위해 교육 콘텐츠의 디지털(전자교과서)화는 반드시 필요하다"고 지적한다.

　전자교과서는 정보기술(IT)과 교과과정을 접목해 학생들에게 생생한 지식을 전달하는 것은 물론 재미있고 삶과 연계된 학습기회를 제공하기 때문이다. 이것이 바로 에듀테인먼트(edutainment : education과 entertainment의 합성어)이며 e학습혁명의 엔진이다. 정보통신기술을 기반으로 스스로 하고 싶어하는 공부, 놀이처럼 신나게 하는 공부를 가능하게 만드는 것이다.

이 때문에 매일경제신문은 지난해 5월에 발표한 '학습혁명보고서'에서 전자교과서의 필요성을 강조한 바 있다. 교과서는 결코 화석이 되어서는 곤란하다. 현재와 같은 종이교과서는 절대로 지식의 변화를 따라가지 못하며 학생들에게 자기학습의욕을 고취시킬 수 없다. 일반적으로 하나의 교과서를 개발하는 데 3년 정도 시간이 소요된다. 문제는 교과서를 개발하는 데 3년 동안 벌어지는 사회 변화로 인해 교과서를 개발해 놓으면 이미 시대에 뒤떨어진 내용이 된다는데 있다.

따라서 디지털 교과서 개념을 도입해 지식의 순환에 따라 교과내용을 탄력적으로 변화시키고 개정하고 필요없는 부분은 과감히 폐기하는 일이 필요한 것이다. 자유로이 링크와 업로드, 다운로드, 업데이트가 가능한 시스템을 만들어야 하는 것이다. 교과서는 그것을 통해 얼마나 중요한 가치를 만들어내느냐가 중요하다. 다시 말해 교과서는 종착점이 아니라 학습의 출발선이 돼야 한다는 이야기다. 링크가 된다는 것은 교과서가 학생의 학습을 촉발하는 자극제가 된다는 것을 의미하고 하이퍼텍스트처럼 다양한 정보로 나아가는 촉매가 된다는 것을 의미한다. 일단 링크가 되면 교사나 학생들이 자유롭게 업로드 다운로드할 수 있어야 한다. 지금처럼 획일화된 종이교과서 형태가 아니라 에듀넷을 통해 웹으로 제공한다든지 CD롬과 같은 다양한 형태의 교과서를 개발하는 것도 허용돼야 한다.

현재까지 전자교과서 개발과 교육콘텐츠의 디지털화를 적극 추진하고 있는 곳은 미국 기업들이다. 메릴린치보고서에 따르면, e학습관련 기업들이 만들어놓은 온라인 교육 웹사이트는 줄잡아 1만 개에 달한다. 교육기업들이 구축한 웹 형태 전자교과서도 수천 개를 웃돌고 있다.

미국에서 왕성한 교육사업을 펼치고 있는 영국의 피어슨그룹은 온라인 교과서로 제작해놓은 웹사이트가 무려 2500개나 된다. 이 회사는 전자교과서를 비롯한 교육콘텐츠의 디지털화로 지난해 6억6000만 달러 매출을 기록했다. 매그로힐, 하코트를 비롯한 주요 출판업체들로 '미래의 학습 컴퓨터'로 판단하고 전자교과서 시장에 적극 뛰어들고 있다.

6. 문화산업 : 문화 가공과 문화상품화 단계

1940년대 문화의 대량생산과 대량소비에 따른 대중화 현상에 대한 부정적 측면을 지적하기 위해 문화산업(cultural industry)의 개념이 처음 사용되었다. 1947년 프랑크푸르트학파의 아도르노와 호르크하이머의 저서 '계몽의 변증법'에서 최초로 사용된 이 용서는 1960년대 이후 본격적으로 진전된 문화의 산업화 현상에 경제적 시강으로 다뤄지면서 문화예술을 상품화하여 대량생산과 대량소비가 가능한 산업이라는 개념으로 정착하였다.

문화산업은 1990년대 디지털 기술과 온라인 기술의 혁명적인 발전으로 인하여 첨단기술이 문화산업에 융화되는 속도로 가속화되고 새로운 창작산업으로 지속적인 확대가 이루어져 신지식산업의 중추로 자리매김하게 되었다. 미국에서는 정보산업(information industry), 일본에서는 오락산업(entertainment industry), 영국에서는 창조산업(creative industry) 등의 용어로 개념화하고 있는 문화산업을 OECD에서는 영상, 출판, 음반, 방송, 광고산업 등의 정보 오락산업으로 규정하고 이들이 주요한 컨텐츠를 생산하고 있으므로 컨텐츠산업과 동일한 것으로 정의하고 있다.

문화산업은 다양한 특성을 가지고 있다.

첫째, 문화산업은 고부가가치산업이다. 지식 및 아이디어집약산업으로서 다양한 창구효과를 통해 높은 부가가치를 창출하고, 캐릭터산업 등 관련산업 분야뿐만 아니라 여타 산업에까지 연관 효과를 유발한다는 점에서 대단한 고부가가치 창출 산업이다. 1997년 디즈니사의 매출액 대비 경상이익률은 20%에 달했으며, 같은 기간 미국 제조업체 평균 경상이익률은 3~4%에 불과했다고 한다.

둘째, 문화산업은 국가 및 지역 이미지 고양 산업이다. 상품에 체화된 문화적 요소로 자국과 지기 지역의 긍정적 이미지를 이용자에게 심어주고, 이는 역으로 국민적, 지역민적 자긍심을 고양하는 효과를 창출한다.

셋째, 문화산업은 지식집약형 산업이다. 아이디어와 창조력을 바탕으로 새로운 지식과 기술을 집약한 산업으로 여기에는 스스로 새로운 지식을 계속 증식시켜 나가는 자기증식효과와 추가적인 지식 정보의 투자에 대한 한계수익이 증대되는 수확체증의 법칙이 적용된다 하겠다.

넷째, 문화산업은 고용창출효과가 큰 산업이다. 개인의 창조력과 지식을 기반으로 하는 문화산업의 성격은 여타 산업에 비하여 창업 등 고용창출 효과가 매우 높다. 산업연구원은 1990 - 2003년 간 문화산업 등 지식기반 산업에서 총 85만 명의 신규 고용창출이 가능할 것으로 전망하고 있다.

다섯째, 문화산업은 환경친화적 산업이다. 제조업이 환경오염과 공해를 유발, 환경파괴적인 성격을 갖는데 반해, 문화산업은 저에너지소비, 저배출의 환경친화적 무공해 산업으로 21세기 초 예상되는 환경라운드 협상에서도 능동적 대처가 용이한 산업으로 전망된다.

7. 관광자원 : 테마파크의 건설 단계

이상의 논의에서 개략하였듯이 지역의 문화자원을 수집, 보존하는 가장 기초적인 단계를 거쳐, 필요한 자원은 또 디지털로 복원하여, 이들을 학생들의 학습자료로 개발한 연후에 필요한 전략 단계가 바로 이들을 가공하여 문화상품화 하는 것, 그것이 바로 문화산업이다. 가공의 방법으로는 게임이나 애니메이션, 영상화, 테마파크화 등 다양하다.

> off-line(유무형문화재)->on-line(디지털화)->off-line 상품화(테마파크)

위의 도표와 같이 off-line 상의 유무형의 문화재가 정보산업기술과 만나 디지털화한 자료로 집적되고, 복원되고, 전자교과서로 개발됨은 물론, 다양한 문화상품으로 개발되면, 다시 그 문화상품을 off-line 화한 것이 바로 테마파크이다. 넓은 지역에 특정한 주제를 정해 놓고 그에 맞는 오락시설을 배치하는 오락단지인 테마파크는 가상현실과 오락용 소프트웨어, 비디오게임, 영화 등이 접목되어 만들어진 진짜보다 더 진짜 같은 느낌을 주는 체험산업이다.

테마파크는 20세기 문화와 문명이 만들어낸 결정체이다. 60년대 초 설립된 세계 최초, 최대의 테마파크인 디즈닐랜드는 이른바 '꿈을 파는 산업'으로 전세계인의 사랑을 받고 있다. 모회사인 디즈니사의 만화캐릭터들을 재현한 이 꿈의 동산에는 한 해 2,600만 명의 관람객이 전 세계에서 모여든다. 일본 도쿄와 캘리포니아의 디즈닐랜드에 1,000여만 명, 플로리다의 시월드, 덴마크의 티볼리파크, 유니버설 스튜디오, 미국의 노츠페리팜에 각각 500만 명의 관람객이 몰려들면서 각국의 관광객 유치의 일등 공신 역할을 톡톡히 해내고 있다.

우리나라 역시 놀이문화에 대한 관심이 고조되면서 여가산업이 발달되어 왔다. 70년대 어린이대공원을 시작으로 놀이동산이 우후죽순으로 생겨나면서 어린이와 그들의 가족을 끌어들이고 있다. 그러나 본격적인 테마파크의 개념이 도입된 것은 89년 세계 최대의 실내 테마파크인 롯데월드가 개장되면서부터였다. 그러나 우리나라의 테마파크는 아직 놀이동산의 수준에 머물러있다. 테마를 내세우고 있지만 꿈, 환상, 모험이라는 비슷한 주제로 각 테마파크의 개성을 살리지 못한 채 국적불명의 공간들인 셈이다.

테마파크는 문화적으로 새로운 소재와 표현기법으로 과거를 재해석하여 현대인의 일상 속에서 비일상을 만나는 즐거움을 줌으로써 문화, 혹은 문화생활에 대한 집단적인 갈증을 해소하고 교육산업과의 연계를 통하여 꾸준하고 실용적인 교육효과도 거둘 수 있다. 경제적인 의미로는 기획력, 시공력, 기술력, 고객서비스, 끊임없이 생산되는 아이디어들이 총망라된 문화인프라를 구축하여 고용을 확대한다. 교통편의성 제고를 위한 도로 건설 등과 같은 대규모 공사, 숙박 및 기타 엔터테인먼트 시설

건립이 되면, 산업 간의 시너지 효과를 노릴 수 있다. 관련 전문인력 양성 및 취업, 테마파크 소재지의 환경조성 및 주민의식 제고 등 유무형의 발전과 수익 확대가 무진장하다.

무엇보다도 국가나 지역의 경쟁력 차원에서는 한 번 조성하기만 하면 지속적으로 효과를 누릴 수 있는 이익 창출의 용광로 역할을 하므로 굴뚝 없는 공장의 확보라는 매우 큰 사업이라 할 수 있다.

경북은 경주세계문화엑스포의 상설화를 이러한 테마파크화로 구상하는 것이 바람직하다. 경주세계문화엑스포테마파크야말로 경북을 장소판촉하는 최고의 문화 전략이라 할 수 있다.

8. 결론 및 제언

문화는 문화로서 존재가치가 충분하다. 그러나 그것은 문화적 가치 그 이상의 부가가치를 창출하는 자원적 가치가 있다.

본고에서는 경상북도의 CT산업 기반 검토와 문화콘텐츠 구축의 단계적 전략과 발전 방안에 대해 논의하였다.

경북은 CT산업을 위한 기반으로서의 정보화 정책을 꾸준히 추진하여온 결과 비교적 양질의 하드웨어적 기반을 구축한 상태이다. 그러나 소프트웨어적 기반, 그 중에서도 문화컨텐츠 구축에 대한 인식의 정도는 아직 미미한 실정이다. 이제는 확보된 정보화 기반을 바탕으로 콘텐츠 구축에 관심과 자본을 집중할 시점이다.

지방정부의 문화콘텐츠 구축은 다음의 5단계로 이루어져야 한다.

먼저 지역에 산재한 유무형의 문화자원을 정보산업기술로 디지털화하는 자료의 집적화가 시급하다. 지역 한국학 자료는 지역만이 보유하고 있는 가장 고유한 콘텐츠이기 때문에 이를 토대로 지역사회의 사회, 물리적 자원을 혼합하여 효과적으로 활용할 수 있는 정보체계의 구축을 통해 지역발전의 새로운 길을 모색할 수 있을 것이다. 이는 지역 독자적인 문화 자산을 중심축에 두고 지역발전을 추구하는 구체적이고 실천적인 모색이다.

지역에 관련된 문헌을 발굴하고 종합함은 물론, 지역 각 도서관, 문중, 개인들이 소장한 자료의 파악 및 복사, 규장각, 정신문화연구원 등에 소장된 지역 관련 자료의 선별 및 DB화, 19세기의 지방 지도 자료, 지명 연구 자료, 정신문화연구원 간행의 고문서집성 등에 수록된 자료의 디지털화, 기타 국내외의 대학이나 박물관에 소재하고 있는 지역자료의 조사 및 내용 파악이 선행되어야 하고, 그들을 확보하여 이미지 파일과 텍스트 파일로 구축하고 웹환경에서 제공하는 지식문화 서비스 차원의 집중적인 사업이 이루어져야 한다. 문화관광부에서 추진하고 있는 국가 내 각종 도서의 DB구축과 공공도서관의 디지털 자료실 실시 정책에 연계하여 정리와 이용의 효율화를 이룰 수도 있다.

다음으로는 디지털 기술을 가장 적극적으로 문화재자원에 접목하는 방안으로 디지털 복원을 들 수 있다. 외국의 경우는 물론 국내에서도 다양하게 시도된 디지털 복원화 사업은 고고학 자원과 건축물 자원이 많은 경북지역에서는 적극적으로 검토해 볼 만한 사업이다.

특히 경주에 조성 예정인 첨단문화산업단지에서 중점적으로 수립하여야 할 정책이라 할 수 있다. 고대문화를 최첨단 디지털 기술로 재현해 내는 학문인 디지털복원학은 현존하지 않거나 불완전한 문화재를 사료와 고증을 거쳐 재생하고 현재 문화재를 디지털로 감상, 보존, 향후 훼손에 대한 대안으로 떠오른 학문이다. 복원의 방법으로는 회귀복원, 원형복원, 가상복원, 유지복원, 체험복원등이 있으며, 최첨단 디지털 미디어를 통한 타임머신적 복원으로 일종의 디지털 과거 여행이 가능한 꿈의 학문이기도 하다. 논문, 종이책 등으로 고착화된 과거 역사에 대한 이해를 영상의 힘으로 확장한 디지털 복원이 단지 추측이나 영상적 학설일 뿐 사실이 아닐 수도 있거나, 잘못 복원해 역사 왜곡의 가능성도 있다. 그러한 부작용을 최소화하기 위해서는 영상기술자, 문헌사학자, 미술사학자, 고고학자, 인문학자의 노력과 컴퓨터 영상관련 디지털 엔지니어나 그래픽 아티스트에 의한 효과적 미디어 운용이 절대적으로 요구된다. 이러한 통합적 작업이 요구되려면 강력한 지방정부의 의지와 산 · 학 · 관 · 연의 협력사업으로 이루어져야 한다.

다음으로는 앞서의 결과를 전자교과서화하여 정보기술(IT)과 교과과정을 접목해 학생들에게 생생한 지식을 전달하는 것은 물론 재미있고 삶과 연계된 학습기회를 제공하는 교육용 컨텐츠화하는 단계다. 이것이 교육과 오락을 접목시킨 에듀테인먼트(edutainment : education과 entertainment의 합성어)이다. 이 단계에서 집적된 자료와 복원된 문화재자원이 학생들의 학습으로 연결되며, 지식의 재창출이 가능하다. 현재와 같은 종이교과서를 개발하는 데 3년 정도 시간이 소요된다면 3년 동안 벌어지는 사회 변화로 인한 지식의 변화를 절대로 따라가지 못하며 학생들에게 자기학습의욕을 고취시킬 수 없다. 따라서 디지털 교과서 개념을 도입해 지식의 순환에 따라 교과내용을 탄력적으로 변화시키고 개정하고 필요없는 부분은 과감히 폐기하는 일이 필요한 것이다. 자유로이 링크와 업로드, 다운로드, 업데이트가 가능한 시스템을 만들어야 하는 것이다. 일단 링크가 되면 교사나 학생들이 자유롭게 업로드 다운로드할 수 있어야 한다. 지금처럼 획일화된 종이교과서 형태가 아니라 에듀넷을 통해 웹으로 제공한다든지 CD롬과 같은 다양한 형태의 교과서를 개발하는 것도 허용돼야 한다.

문화산업은 고부가가치산업, 국가 및 지역 이미지고양 산업, 지식집약형 산업, 고용창출효과 산업, 환경친화적 산업이라는 다양한 특성을 지닌 산업이다. 영상, 출판, 음반, 방송, 광고산업 등과 연계한 문화콘텐츠산업이다. 앞서의 자료 집적, 자료 복원 사업이 성공적으로 이루어진다면 부가가치를 최대화할 수 있는 방안이다. 이 단계부터는 문화자원에 대한 투자에 비한 수입의 불균형이 어느 정도 해소될 것이라는 생각이다.

궁극적으로 문화산업은 오프라인 상의 관광산업 자원화방안을 가능하게 한다. 그것은 테마파크의 건설로서 가능하다. 우리 나라도 최근 테마파크의 중요성에 관심을 갖기 시작했다. 2000년 문화관광부는 관광비전21을 발표하면서 세계적인 테마파크의 유치 계획을 세우기도 한 바 있다. 특히 주 5일 근무제가 정착되면 현대 사회에서 가장 필수적인 산업으로 자리잡아 가는 여가산업으로, 그리고 관광인프라로서 테마파크의 성장 가능성은 거의 무한대라고 할 수 있다.

경상북도는 우리의 문화를 대중화함으로써 수익을 증대하고 더불어 공공기관, 학술단체, 분야별 전문가들의 협력체, 이른바 산·학·관·연 협력체제를 구축하여야 할 것이다. 이 테마파크야말로 경북의 문화를 장소판촉하는 시너지 효과를 꾀하는 전략이 될 것이다.

그러나 이상의 5단계 과정의 사업은 순차적, 또는 개별적, 동시적으로 개발하는 시급성을 요한다. 그러기 위하여 앞서의 논의를 가시화하기 위한 기구의 설치를 검토할 것을 강력하게 요구하고자 한다. 가칭 '경북5T 산업발전기획단'을 발족하는 기민성을 보이는 경상북도가 되기를 바라는 바이다.

경상북도는 타 시도보다도 문화자산의 중요성에 대한 인지를 일찍 한 바 있으며, 그 고부가가치 성을 인정하고 있으나 개발의지는 어느 정도 인지 의심스럽다. 문화예술분야 예산을 과학진흥, 재정경제, 건설 등의 예산과 비교해 보면 잘 알 수 있을 것이다. 인프라 구축에 초기의 고비용 은 당연한 것이며, 따라서 문화비용도 지원의 개념에서 탈피, 투자의 개 념에서 인식을 제고할 필요가 있다.

(경상북도 5T산업발전전략, 2002)

경주세계문화엑스포의 콘텐츠 기획

1. 서론 : 경주문화엑스포의 기획 목적과 문화콘텐츠

경상북도는 1998년 제1회 '98경주세계문화엑스포'를 개최한 이래, 제2회 '경주세계문화엑스포 2000'를 개최한 바 있으며, 올 8월 개최될 '2003경주세계문화엑스포'를 준비하고 있다.

경주세계문화엑스포(이하 문화엑스포)는 "경상북도와 경주가 보유하고 있는 문화적 충돌과 융합의 풍부한 경험을 바탕으로 세계의 다양한 문화를 융화하여 새로운 인류문화를 창출하고, 창조적 문화역량을 계발하여 세계사적 흐름에 능동적으로 대처하고 부가가치가 높은 문화상품을 개발하고 문화산업의 경쟁력을 확보하여 궁극적으로는 경주를 세계적인 문화관광산업의 거점으로 만들고자"[1]하는 야심찬 기획에서 출발되었다. 이 문화엑스포의 개최 목적에서 문화콘텐츠의 개발의지를 읽어낼 수 있다. 즉 문화산업의 경쟁력을 확보하기 위해서는 부가가치가 높은 문화콘텐츠를 개발하여야 할 것을 천명하고 있다 하겠다.

본고는 3회에 걸쳐 개최되어오고 있는 문화엑스포의 콘텐츠의 기획 내용과 그 변화상에 대해 논의하고자 한다.

문화엑스포 행사는 전시, 영상, 공연의 3가지 행사를 기본으로 하고

---

1) 경주세계문화엑스포 조직위원회, 「'98경주세계문화엑스포 기본계획」p. 2.

그 외 부대행사, 공식행사, 별도행사로 유형화되어 있으며, 3회에 걸친 문화엑스포 기획물에서도 이 기본적인 큰 틀은 크게 변하지 않고 있다.

그런데 문화엑스포는 첫 해부터 문학텍스트를 활용한 공연물을 매우 다양하게 기획하여왔다. 이를테면 개막제의 공연물은 모두 우리 고전문학텍스트인 설화를 기본으로 하고 있는 것이 그 한 예이다. 첫 해에는 삼국유사에 전하는 수로부인설화를 무용총체극으로 재구성하여 공연한 이래, 2000년에는 처용설화를 역시 무용총체극으로 재구성, '?별?기다래' 라는 작품으로 연출, 공연하였으며, 올해는 에밀레종의 전설을 총체극으로 재구성한 '에밀레 천년의 소리'를 기획하고 있다고 하니 우리 설화를 소재로 한 새로운 형식의 개막제 공연의 전통은 매우 획기적이면서 신선한 기획의도로 높이 살만하다.

그러나 본고는 아래의 콘텐츠란 '디지털내용물'[2]으로 개념화하면서, 논의의 범위를 문화엑스포의 디지털화한 콘텐츠로 한정하고자 한다.

문화엑스포의 다양한 기획물 중에서 이 의미의 콘텐츠 개념에 가장 충실한 기획물은 3회의 주제영상물, 2회부터 기획된 컴퓨터게임과 사이버캐릭터쇼 등이 될 것인데, 이들 콘텐츠는 회를 거듭하면서 장르적 변화와 확대를 함께하여 왔으며, 그 변화상을 논의하는 것은 문화엑스포의

---

2) 김기덕, "콘텐츠의 개념과 인문콘텐츠", 「왜 인문콘텐츠인가?」(인문콘텐츠학회 창립대회 및 창립대회 기념 심포지움 발표집), p. 2, 2002. "새로운 형식은 새로운 내용을 요청한다. 그 결과 지금의 디지털기술에 기반한 새로운 형식이 요청하는 새로운 내용을 '콘텐츠'라는 용어로 표현하게 되었다고 생각한다. 그러므로 콘텐츠를 우리 말로 옮긴다면 원칙적으로 '디지털내용물'이 될 것이다."

방향성을 모색하는 방안이 될 수도 있다.

2. '98경주세계문화엑스포'의 문화콘텐츠

1) 주제영상 "새 천년의 미소"

98경주세계문화엑스포의 주제는 "새 천년의 미소", 부제는 전승 · 융화 · 창조였다. 이 주제를 함축적으로 관람객에게 제시할 의도로 기획된 것이 또한 "새 천년의 미소"라는 주제영상물이다. 영상을 통한 행사 주제의 구현은 관람객들에게 엑스포에 대한 기대감을 충족시켜줌은 물론 행사에 대한 관심 유발과 문화엑스포 전체의 붐 조성에 더 큰 목적을 둔 기획물이었다. 98경주세계문화엑스포의 주제를 그대로 이름으로 한 '새 천년의 미소관' 영상실에서 상영된 이 주제영상은 우리나라의 전통문화를 통하여 세계와 함께하는 새로운 천년을 준비하고 모든 이들이 준비하는 인류의 꿈은 무엇인가에 대한 화두를 영상과 퍼포먼스를 결합한 시스템으로 연출되었다.

연출은 각 테마를 설정하여 각각의 독립성을 부여하여 저마다 독특한 방법으로 전개하도록 하되, 에필로그로 엑스포의 주제인 '새 천년의 미소'에 귀납되도록 기획되었다. 전개내용은 누구나 쉽게 이해될 수 있는 근원적인 요소인 물, 불, 소리를 멀티디멘션으로 표현하여 관람객 모두가 같은 공감대를 형성하도록 하였다. 하드웨어로는 무대, 객석, 천장 등을 총망라한 입체 연출을 시도하여 시공을 초월한 사실적 묘사로 현장감을 극대화하였으며 구성력 있는 스토리와 이를 최적으로 표현해 낼 수 있는 효과적 시스템 운영을 시도하였다. 스토리는 크게 3개의 테마 즉, 시작의 천년, 지나온 천년, 다가올 천년으로 구성하였으며, 각각의 테마는 소주제를 통하여 과거, 현재 그리고 미래의 인류문화를 구성, 표현하였다.

이 주제영상은 기존의 영상 시스템과 차별화된 멀티디멘션기법과 함께 퍼포먼스도 함께 활용한 연출을 시도하였다. 이는 퍼포먼스, 조명, 음향, 특수 효과가 조합된 새로운 형태의 공감각적 연출 기법으로 '98경주세계문화엑스포'에서 최초로 선보였던 시스템쇼라 할 수 있다. 그런 점에서 기존의 2차원 평면의 단순한 시각적 연출의 틀을 벗어나 3차원의 공간감적인 시각, 청각, 후각을 만족시킴으로써 언론 및 관람객에게 호평을 받은 행사기획이었다.

현실과 환상을 넘나드는 형식은 관객을 잠시도 한눈팔지 못하게 했고, 놀랍고 신기한 장면들의 연속 기법을 통해서 과거에 묻힌 신라문화의 핵심주제들이 미래의 인류에게 새로운 메시지를 전달하는 감동을 경험하게끔 연출되었다. 이러한 형식과 내용은 실제작업에 들어가면서 시각적 이미지와 청각, 감각적인 요소들을 다양하게 추가하였다.

대강의 구성과 시나리오는 다음과 같다.

(1) 구성

– 프롤로그 〈불과 물 그리고 창조〉〈문명의 탄생〉

– 시작의 천년 〈자연의 미소〉〈찬란한 미소 Ⅰ〉〈찬란한 미소 Ⅱ〉

– 지나온 천년 & 다가올 천년 〈문명의 충돌. 어두운 그림자〉

〈희망의 메시지〉

– 에필로그〈새 천년의 미소〉

(2) 시나리오

태초의 어둠에서 빅뱅, 지구 탄생과 생명의 출현에 이르기까지 억겁의 시공간을 넘어 진행된 창조의 역사를 재현하였다. 연출방식은 화면을 압도하며 폭발하는 강렬한 그래픽 이미지와 첨단 특수 영상을 통해 재현하는 기법이다. 생명의 잉태와 문명의 탄생이 지니는 다가갈 수 없는 원초적 두려움과 경이로움의 대상을 영상과 퍼포먼스 그리고 멀티 슬라이드의 조화를 통해 영상미학으로 표현한다.

21C 멀티미디어 기술에 의해 재현된 천년 고도 경주(왕경도)와 신화를 감싸안은 불국사와 신라의 유적들. 그리고 그 영원한 삶의 자리에서 뛰노는 아이들의 순수한 이미지를 통해 자연을 닮은 신라의 미소를 표현한다.

수막새의 탄생을 통해 다시 한번 만나게 되는 신라인의 순수한 미소를 표현한다. 창조와 순수를 상징하는 불의 이미지와 수막새의 맑은 미소를 통해 신라의 찬란한 문명과 순수를 표현하는 동시에 석불의 미소를 통해 신라인의 미소를 은유적으로 나타낸다.

신라 문화의 절정을 나무의 개화로 표현하였으며, 이때 절정의 이미지를 멀티디멘션기법으로 표현하여 시간의 흐름을 환상적인 이미지로 표현한다.

천년을 두고 풍화된 수막새와 함께 시작된 지나온 천년, 개발과 파괴, 풍요와 빈곤, 이데올로기 등 끊임없이 계속되는 대립적 요소들의 충돌 속에 파괴되는 순수와 사랑 그리고 소외되어 가는 인간을 표현한다. 새로운 희망을 알리는 큰북소리와 새로운 기약을 알리는 빛을 통하여 수막새의 미소가 표현되었다. 이러한 암시는 종말을 향해 치닫고 있는 현대인에게 진정 소중한 것이 무엇인가를 일깨워 줄 수 있는 따뜻한 메시지를 전달한다.

새 천년의 미소를 다시 찾은 인류, 세계인의 미소가 어우러지는 영상 위에 수막새를 안은 아이와 노래가 합창으로 모아지고, 영상과 무대 그리고 관객이 하나 되는 순간 조명탄이 떠지면서 관객들을 벅찬 감동 속으로 몰아넣는다.

3. '경주세계문화엑스포2000'의 문화콘텐츠

1) 주제영상 "서라벌의 숨결 속으로"

'경주세계문화엑스포 2000'에서 가장 심혈을 기울여 제작했다는 대표적 작품이 가상현실(Virtual Reality)기법[3]으로 제작된 주제영상물이었다. 우리 문화의 우수성을 가상현실기법의 첨단영상으로 제작해 관람객들에게 보여줌으로써 문화에 대한 인식을 새롭게 하고 즐거움을 갖도록 하며 첨단과학 기술 발전의 촉매 역할을 할 수 있도록 유도한다는데 목적을 둔 제작의도를 밝히면서 세계 최대, 한국 최초의 가상현실기법의 첨단영상관 운영으로 문화엑스포이미지를 높이고 국내문화산업 발전의 계기를 마련하였다는 기획물이었다.

그러기 위하여 두 가지 기본방향을 설정하였다. 첫째, 실시간 3차원 컴퓨터 영상으로 고대문화와 첨단과학이 만나는 자리를 마련하고, 한국과학기술원(KIST)을 비롯한 국내 최고의 과학기술을 활용해 세계 처음으로 최대 인원이 동시에 관람할 수 있는 한국 최초의 가상현실 영상관으로 만들기로 방향을 정했다. 둘째, 우리문화 유물과 유적지를 디지털기법으로 복원해서 문화엑스포가 지속적으로 발전할 수 있는 기틀을 마련하고, 행사 종료 후 조성되는 엑스포공원에서도 개방해 경주의 중요한 관광자원으로 활용키로 했다.

---

3) 이하 가상현실기법이라 함.

한국과학기술원(KIST)이 개발한 주제영상은 첨성대, 월정교와 월성, 왕경대로와 안압지, 황룡사 9층 목탑, 석굴암 등 신라 문화의 천년 숨결을 내용으로 하는 영상물이다. 관람객들은 특수 안경을 쓰고 의자에 앉아서 버튼을 사용해 실시간 3차원 컴퓨터영상을 보면서 입체음향은 물론 솔향기, 꽃향기, 밥냄새 등 후각까지 느낄 수 있다.

이 영상물을 위해서 엑스포 측은 490평 규모에 관람석 651석을 갖춘 세계 최대, 한국 최초의 상설(전용) 사이버영상관을 지었다. 이 가상현실 극장으로는 대형 라운드형 스크린(길이 27m, 높이 8m) 영상관으로서 1회 651명이 입장하는 실시간 3차원 컴퓨터 영상을 투사한다. 이 주제영상은 장비를 제외하고는 기획부터 콘텐츠 구성까지 모든 과정이 국내에서 이루어졌다고 주최측은 자랑하고 있다.

(1) 구성

- 통일의 염원으로 : 경주남산
- 신라시대의 문화를 만나다 : 월정교, 월성
- 사해바다를 축소한 인공의 연못에서 신라의 포부를 본다 : 안압지
- 신라의 국가적 자부심을 느끼다 : 황룡사 9층 목탑
- 신라의 꿈, 만남과 아우름 : 첨성대
- 화합과 통일, 서라벌의 숨결 : 석굴암

(2) 콘텐츠의 특징

첫째, 관람객이 화면을 선택하여 감상할 수 있다. 관람객이 관람석에 설치되어 있는 키패드로 신라문화 주요장면을 선택하면 가장 많이 선택된 곳으로 영상의 경로가 선택된다.

둘째, 인간이 사물을 인지할 수 있는 오감 중 영상에서 최대한 채용할 수 있는 4가지를 동시 체험할 수 있다. 영상이 투사되어지는 도중(시각), 영상화면 내용과 일치하는 첨단음향(청각)과 스모그 및 흔들림 효과(공간감각), 꽃향기, 솔향기, 밥내음, 낙엽 타는 냄새(후각) 등을 체험함으로써 영상 속에서 살아있는 느낌을 그대로 받는다.

셋째, 8채널 입체음향 시스템으로 살아있는 듯한 생생한 느낌을 받는다. 영상관 전체에 24개 대형스피커를 배열하여 눈에 보이는 듯한 음향의 이동을 입체적으로 들을 수 있다. 의자가 저주파에 의해 흔들리는 느낌을 받으며, 특수 안경을 착용해 가상현실로 빠져들어 천년 전 신라와 만나는 신비로운 느낌을 받을 수 있다.

(3) 가상현실 콘텐츠 개발과 주제영상관 장비 및 H/W 시스템

가상현실 콘텐츠 개발은 시나리오 개발, 문화재 모델링, VR영상제작, 경주 남산 모델 AC 영상 작업 음향·영상 인터랙션 및 영상화로 나눠진다. 시나리오를 개발하고 총감독은 OMG사(대표 김정배)가 맡았고 황룡사

· 월성 등을 복원하는 문화재 모델링 작업은 예안 콘텐츠가 담당했다. VR영상은 선일영상(대표 김장호)과 마르츠(대표 김형래)가 공동으로 제작했으며 경주 남산 모델 및 영상 작업은 성균관대 정진오 교수가 담당하고 음향·영상 인터렉션 및 통일신라까지의 영상화는 미디어아트랩(안양대 김경미 교수)가 작업했다.

주제영상관에 설치한 장비는 Visual 수퍼 컴퓨터(SGI ONYX2-IR), 고해상도 프로젝터(Barco Reality 9300 Model 6대), 8채널 입체 음향 시스템(SGI ADAT시스템), VR용 향 발생 및 제어 시스템, 개인용 인터랙티브 제어 시스템(24제어기+2HUB+1PC+ONYX2), 몰입감 입체표시용 특수스크린(Spherical형 대형스크린 27M*8M. 해상도 4000*2000화소)등이다. 주제영상관은 실내 환경 개선을 위한 공사와 실시간 가상 및 현실 세계의 합성을 위한 특수공사로 블루스크린(blue screen)을 설치했으며 영상제어실 환경개선을 위해 컨트롤 룸과 제어실 항온항습 시스템 및 엘리베이터를 설치했다.

2) 삼국문화탐방컴퓨터 게임 "천년신화"
    (1) 개발 목적
"천년신화"는 경주세계문화엑스포2000의 주제인 '새 천년의 숨결'에 부합하는 신라·고구려·백제 삼국의 역사를 소재로 한 게임이다. 문화콘텐츠 장르로서 부가가치가 매우 높은 게임산업의 국가경쟁력을 강화하는 한편 청소년들에게 교육적인 게임을 보급한다는 목적으로 개발된 컴퓨터게임이다. 이 게임을 에그포 기간 중 운영하기 위해 별도의 게임관을 지었다. 게임은 실시간 시뮬레이션 장르로 국내외 판매가 가능한 작품을 개발하되 네트워크를 통해 여러 명이 동시에 참가할 수 있는 게임이 되도록 구성하였다.

(2) 컴퓨터게임 개발과정

컴퓨터게임은 삼국시대의 문화를 소재로 한 교육적이고 게임성이 높은 프로그램으로 개발한다는 대전제 아래 첫째, 실시간 전략시뮬레이션 장르로서 둘째, 네트워크를 통해 여러 명이 동시에 게임을 할 수 있고 셋째, 삼국시대의 상황을 직·간접으로 경험할 수 있는 교육효과를 갖추고 넷째, 배경 및 캐릭터 등은 상황에 따라 2D 또는 3D그래픽으로 처리한 게임을 개발한다고 방향을 정했다. 게임 소요시간은 10분 정도로 하였다. 개발기간은 1999년 9월부터 2000년 8월까지 11개월로 잡았다.

개발사는 공모하되 동종 게임을 1회 이상 개발한 경험이 있는 회사를 대상으로 제한경쟁입찰키로 하고 공모대상 후보업체인 트리거 소프트, 드림웨어, 시노조익, 업투데이트, 샘슨코아 등 5개 사를 중심으로 제안서를 받았다.

게임종합지원센터 및 경주세계문화엑스포2000 조직위원회가 각 5명씩 위촉한 10명이 1999년 9월 14일 게임종합지원센터 대회의실에서 1,2차 심사를 한 결과, 드림웨어의 '천년의 신화'가 선정됐다.

선정된 게임인 '천년의 신화'에 등장하는 건물의 형태와 캐릭터 복식, 병기 등 역사적 사실을 검증하기 위해 2000년 4월부터 5월 22일까지 고증위원으로부터 고증을 받았다. 분야별 고증위원은 가옥 분야에 한국예술종합학교 건축과 김봉렬 교수, 복식 분양에 상명대학교 사학과 박선희 교수, 무기 분야에 중앙대학교 사학과 이인철 교수 등이었다. 이어 제작된 알파버전과 마스터버전에 대해서는 게임종합지원센터 게임 전문인력이 검수하고 베타버전에 대해선 이소프트넷의 베타마스터가 검수했다. 대행사는 재단법인 게임종합지원센터, 게임 개발사는 주식회사 드림웨어, 게임 유통과 게임왕 선발대회등 이벤트는 이소프트넷이 각각 맡았다.

(3) '천년의 신화' 실행 환경

드림웨어가 제작한 게임 '천년의 신화'는 전략 시뮬레이션 장르로 플랫폼은 PC(IPX · 베틀넥 가능)며 개발비용은 배트넷 서버비용 3천만원을 포함한 1억 8천만원이다.

게임실행 환경을 보면 CPU 권장사양은 펜티엄 Ⅱ이상, CPU최소 사야은 펜티엄 166MHz이상, 그래픽카드는 Direct X를 지원하는 비디오카드, 사운드카드는 Direct X를 지원하는 사운드카드, 메모리는 32MB이상, 운영체계는 윈도우 98OS · Direct Media 6.0이상, 시디롬은 4배속 이상, 하드디스크는 250MB이상, 멀티미디어는 모뎀 · LAN이면 가능하다.

(4) 게임이야기 전개방식

'천년의 신화'는 삼국시대 전성기인 4세기의 백제, 5세기의 고구려, 6세기의 신라 시대 순으로 이야기가 펼쳐지면서 신라 통일에 초점이 맞춰져 게임이 진행된다. 이야기는 단순한 사실의 나열이 아니라 실존 인물들의 드라마로 전개되는데 영웅들이 등장하여 게임의 이야기를 이끌어낸다. 등장하는 20여명의 영웅들은 게임의 주체로서 게임의 전략성을 극대화하며 전투를 벌인다. 플레이어가 이 영웅들을 어떻게 활용하느냐에 따라 게임의 승패가 좌우된다. 이 영웅들은 국가적 차별화와 특성을 부여하는 중요한 캐릭터로 전투 중에 패하면 죽지 않고 부상당한 상태로 자신이 생산된 건물로 들어가 치료받은 후 다시 전투에 임한다.

(5) 게임 시나리오
가. 백제(3부 10장)

화려한 백마를 타고 나타나는 근초고왕과 태자(근수구왕)의 정복사업과 부여 회복운동을 중심으로 구성됐다. 1부 '황제의 군대'는 근초고왕이 가야지역과 마한의 잔여지역을 정벌하는 역사적 과정을 게임화한 것이다. 2부 '또 다른 전쟁'은 신라군과의 전쟁을 게임화한 것이며, 3부 '영웅의 전쟁'은 고구려와의 치양 전투·패하 전투·평양성 전투·요서정벌 과정을 게임화한 것이다.

나. 고구려(3부 9장)

광개토대왕과 장수왕이 만주벌판을 위풍당당하게 누비며 만주벌판에서 요동벌까지 정복함으로써 우리민족의 자긍심을 높여주고 진취적 기상을 보여주는 내용이다. 1부 '대백제 공략전'은 광개토대왕이 백제 석현성과 관미성을 함락해 백제의 항복을 받아내고 신라까지 복속시키는 과정을 담고 있다. 2부 '북방정벌'은 후연의 침입과 요동성 전투를, 3부 '장수왕'은 북위와의 대치과정과 나제연합군과의 전투과정을 게임화한 것이다.

다. 신라(3부 10장)

무열왕, 김유신, 문무왕에 이르는 삼국통일기의 화랑정신을 바탕으로 우리 민족의 단합된 통일정신을 그리고 있다. 1부 '신라의 영웅'은 김유신의 제매정 결심, 신라 화랑도와 백제군과의싸움을 게임화했고, 2부 '자투의 거울'은 황산벌전투, 백제의 멸망, 백제부흥운동, 고구려 멸망과정을 게임화했으며 3부 '통일전쟁'은 백제유역 수복전투, 석성전투, 고구려영토 수복전쟁 등을 게임화했다.

(6) 개발성과

'천년의 신화'는 역사적 사실을 바탕으로 만든 게임이어서 게임을 하면서 역사공부도 할 수 있으므로 게임방은 물론 초·중·고교의 교육현장에서도 교육자료로 활용할 수 있도록 했다.

행사기간에 행사장에서 팔려나간 '천년의 신화' CD는 25,958개이다. 이 게임 CD는 행사기간은 물론 행사 후에도 국내시장과 해외로도 팔려 나갔다. 2001년 1월말 현재 대만지역으로는 1만장(5만여 달러) 팔려나갔고, 국내판매량은 8만장을 기록했다. 조직위는 9월 23일 방문한 김용순 북한 노동당비서에게 이 CD를 선물했다. 행사 종료 후에도 '천년의 신화' 열기가 식지 않은 것은 행사 후 이 게임에 TV드라마로 재조명돼 인기있는 고려 태조 왕건 미션을 추가한 때문이다. 이 게임을 개발한 드림웨어가 지원하는 인터넷 멀티미디어 HQ NET에 접속하는 네티즌이 행사기간에는 하루 평균 200여명, 왕건 미션이 추가된 후에는 500명에 이르는 것으로 나타났다.

경주 세계문화엑스포조직위원회는 이소프트(대표 민흥기)측으로부터 게임 CD판매에 따른 로열티(해외 수출 25%, 국내판매 10%)를 받아 개발비를 전액 환수하는 성과를 올렸다 계약 만료일인 2001년말까지 받을 것으로 예상되는 로열티는 약 1억원이다. 지방자치단체에서 이같이 콘텐츠를 발굴해 컴퓨터게임으로 개발한 것은 이례적인 일로 평가된다.

3) 사이버캐릭터쇼 "사이버 캐릭터와 함께 춤을!"

사이버 인간이 관람객과 함께 실시간으로 쇼를 벌이는 사이버 캐릭터쇼를 열어 청소년들이 젊음을 발산할 수 있는 놀이공간을 제공하고, 2000년 행사후 상설 개장할 수 있는 문화인프라를 구축하고 첨단문화산업 육성에 기여할 목적으로 기획되었다.

(1) 기본 방향

첨단 멀티미디어 기술이 만들어 낸 사이버 캐릭터 디지콩과 참여자가 함께 어울려 춤추며 즐기는 놀이마당으로 조성하였다. 실시간으로 연동되는 첨단 가상현실(리얼타임 모션캡쳐)을 이용해 DDR에 사이버 캐릭터를 접목함으로써 실시간으로 참여자와 함께 움직이고 대화하는 신 개념의 사이버캐릭터쇼로 연출된다. 기존의 캐릭터와는 달리 이모션으로 사이버 캐릭터의 얼굴표정을 표현하는 캐릭터성을 부여하였으며 흥미롭고 즐거운 분위기로 DDR과 사이버캐릭터가 어우러진 건전한 놀이마당을 마련하였다. 효과의 극대화를 위하여 고출력 음향시스템과 화려한 조명을 이용, 몰입감을 최대한 높여 운영하기로 방향을 정했다.

(2) 행사 개요

사이버캐릭터 쇼는 3차원으로 제작된 3D 애니메이션 영상물을 5면의 대형스크린에 투사, 상영하면서 대중적으로 인기있는 DDR(60대)을 사이버 캐릭터와 접목해 관람객이 2~3회 춤으로 참여하여 15분 정도 즐기는 프로그램이다.

이 쇼는 「사이버캐릭터와 함께 춤을!」이란 주제로 행사 전기간에 테크노광장의 사이버캐릭터관에서 1일 15회씩 열렸으며 1회 운영시간은 30분(상영 20분, 정리 10분)이었다.

대행사는 (주)디지털 선일이며 사이버캐릭터관은 육각형 100평 규모로 1회 수용인원은 100명이었는데 총관람객은 18만7천3백61명으로 하루평균 2,154명에 1회 공연당 평균 144명 이어서 1회 적정수용 인원을 웃돌았다.

캐릭터관에 설치한 주요 장비는 주 컴퓨터(인터그래프) 1대, 영상컴퓨터 5대, 모션 캡쳐 장비 1대, DDR 65대(고장시 여분 5대 포함), LCD 프로젝트 5대, DDR 콘트롤 시스템 1개, 영상컨트롤시스템 1개, 모션 캡쳐 장비 1개, 영상편집기 1개, 각종 음향 시스템 등이다.

(3) 캐릭터 개발

가상인물인 사이버캐릭터로 '디지콩(Digicong)'을 개발했다. 첨단멀티미디어 기술로 만들어낸 '디지콩'은 경주세계문화엑스포2000 공식 캐릭터인 화랑이와 연관지어 미래적인 감각의 머리장식과 흰색 의상을 단순화하여 따뜻하고 순수한 한국 국민으로 표현했다. 또한 모션캡쳐와 실시간쇼에 적합한 신체비율를 적용했다. 사이버인간「디지콩」은 실시간으로 관람객과 대화하고 춤을 추고 토크쇼를 한다.

(4) 내용과 구성

사이버캐릭터 쇼는 비실시간쇼, 실시간쇼, DDR운영, 행사이벤트 등으로 구분돼 펼쳐졌다.

비실시간으로 진행되는 사이버캐릭터 쇼는 3차원으로 만든 컴퓨터 영상물을 15분 정도 대형 스크린에 투사하는 동안 참가자들은 이 영상물을 보면서 사이버캐릭터 쇼에 동참한 감흥을 체험하는 행사이다. 프리쇼, 메인쇼(DDR쇼), 엔딩쇼를 하나로 스토리화하여 한 가지 컨셉으로 진행되는데, 디지콩의 여자친구인 아나콩을 탐내는 페인콩이 디지콩과 DDR쇼에서 춤으로 대결하는 구도로 만들어졌다. 참가자들은 이 쇼에 디지콩의 댄스 전사로 참가, 하나의 스펙터클한 사이버캐릭터 쇼를 보면서 자신이 쇼에 동참한 감흥을 느끼는 것이다.

비실시간으로 이뤄지는 사이버캐릭터 쇼는

첫째, 입장대기 및 안내(쇼의 성격과 내용을 설명한 후 자리 배치)

둘째, Pre-show(암전 후 동영상 상영. 캐릭터들의 인물설정과 함께 DDR을 하기 전까지의 상황을 애니메이션 영상으로 연출)

셋째, 첫번째 DDR(가벼운 댄스뮤직이 흐르는 가운데 디지콩이 페인콩의 DDR 공격을 막아낸다)

넷째, 브릿지 영상 상영(디지콩이 페인콩을 물리치고 아나콩을 구출하자 닥터 바머와 트릭스 일당이 나타나 마지막 DDR 대결을 벌인다.)

다섯째, 두번째 DDR(테크노계열의 빠른 댄스뮤직)

여섯째, 엔딩 영상 (닥터바머와 트릭일당들이 디지콩과 아나콩의 공격에 무너지고 디지콩과 아나콩은 네트웍 세계로 돌아간다)

일곱재, 퇴장 안내 순으로 진행됐다.

실시간 쇼는 모션 캡쳐를 착용한 배우가 관객들과의 직접적인 대화를 하며 농담과 퀴즈이벤트를 벌이는 쇼로서 하루 4회씩 상영했다. 배우는 관람객의 연령별로 알맞은 상황을 설정해 연기했다. DDR은 1회 상영에 2곡 사용을 원칙으로 했으며 난이도는 3단계로 나눠 관람객에 따라 조정했다.

(5) 성 과

청소년들로부터 대대적인 인기를 끈 행사였다. 국내 최초로 사이버 영상 기법과 문화를 접목한 사이버캐릭터 쇼를 제작해 운영함으로써 놀이를 통해 문화행사 체험이 가능하도록 했다. DDR게임에 첨단 가상현실기술(리얼타임 모션 캡쳐)를 연계해 청소년 및 일반관람객이 참여하여 즐길 수 있는 놀이마당을 제공했을 뿐만 아니라 DDR의 시각적 요소와 차별화로 흥미를 배가시켰다. 특히 최첨단 사이버 영상기술 축적과 인프라 구축으로 행사 종료 후 상설 운영하는 문화엑스포공원 기반 조성에 기여했다.

4. '2003경주세계문화엑스포'의 문화콘텐츠

1) 주제영상 "천마의 꿈 - 화랑영웅전"

(1) 기획 의도 및 주제 방향

사이버영상관에서 상영될 주제영상으로 4D입체영상으로 제작될 것이다. 사실적인 입체감과 웅장한 입체 사운드 등 첨단 테크놀로지를 사용한다. 첫해와 둘째해의 주제영상과 마찬가지로 향기, 바람, 안개 등 실시간 특수효과를 함께 하여 생동감을 부여하였다. 기존 컴퓨터 그래픽 영상의 기술적 한계를 극복한 세계 최고의 입체영상 세계를 만날 것이라고 주최측은 장담하고 있다.

화려한 영상 속에는 애국으로 승화한 슬프고도 아름다운 사랑 이야기가 펼쳐진다. 목숨을 바친 희생을 통해 신라의 평화와 번영을 지키는 두 남녀의 애틋한 사랑 얘기와 전설의 피리, 만파식적 설화를 통해서 신라인의 국난극복 정신과 평화염원의 의지를 부활시킨다.

하늘의 궁전과 천마의 언덕 등 찬란한 신라문화를 토대로 한 가상의 환상적 공간을 배경으로 한, 신라설화와 역사적 실제를 드라마틱 환타지로 재구성한 주제영상 '천마의 꿈'은 신라문화의 자긍심이 함께하는 재미와 교육을 겸비한 영상물을 지향한다고 한다.

풍부한 상징성과 다의성을 지니는 설화는 동시대적 상상력에 의해 재창조된다. 주제영상 '천마의 꿈'은 신라설화와 역사적 실제를 토대로 이를 상징적으로 재구성한 기회의도를 갖고 잇는 것으로 보인다.

(2) 시나리오

가. 신라를 지키는 천마(영웅 화랑 기파랑)

달이 뜨는 시각, 사랑과 평화의 섬 대나무 숲에서 피리소리가 울고 하늘에서 방울소리 울리 때 그녀의 사랑은 온다. 천마를 탄 수려한 화랑의 모습. 신라를 지키는 천마가 바로 영웅 화랑 기파랑, 만파식적을 불며 평화를 지키던 선화낭자의 사랑이었다. 누구도 기파랑이 사는 곳을 모르고, 그의 정체를 모르지만 악의 무리가 한반도를 침략할 때 영웅 화랑 기파랑은 온다. 신라 사람들은 세상이 어두워 질 때 기파랑을 찬미하는 노래를 지어 불렀다.

나. 아수라의 기습

제국의 침략이 있던 날, 안타깝게도 선화 낭자의 피리는 울지 못했다. 불의 제국 아수라 대왕이 지상의 제국들을 하나씩 정복해 갔고 마침내 신라의 평화를 지켜주던 만파식적을 빼앗아 갔던 것이다.

다. 전쟁. "친구들의 희생을 헛되이 하지 마라!"

신라의 병사들과 화랑들은 용감하게 아수라의 철갑군에 맞섰고 승리는 눈앞에 있는 듯했다. 그러나 상상을 초월한 악의 기운으로 열세에 몰리고. 법사는 기파랑에게 천제의 도움을 청하라고 명령한다.

라. 천제를 만나다.

천제로부터 심한 꾸지람을 당하는 기파랑과 선화. 그들은 천제가 아끼는 사로국 십대 수호제자들 일원이었다. "너희들은 지상에 내려 보내 달라 간청하기에 신라를 악의 침입에서 지키도록 내려 보냈더니, 서로 사랑에 빠져 책임을 소홀히 하고 말았다." 천제는 선화에게 백일동안 잠자지 않는 촛불기도를 명하고. 촛불이 꺼지면 기파랑의 목숨도 사라진다. 선녀는 기파랑에게 천국의 갑옷과 악의 주문을 푸는 약을 내어준다.

　마. 천마가 되면 다시는 사랑하는 이를 만날 수 없어!
　"선화의 선택, 세상을 구하라!"
　화랑은 만파식적을 구하러 가고 낭자는 기도로서 화랑을 지킨다. 지옥굴에서의 혈투. 화랑은 목숨이 위태롭다. 화랑을 구하기 위해 천마의 언덕에서 몸을 날리는 선화. 그리고 달빛 아래 떠오르는 백마. 화랑과 백마는 악의 세력을 무찌르고 만파식적을 다시 찾는다.

　바. 천마의 꿈 "달이 뜨면 만나리"
　전쟁이 끝났다. 그러나 사랑하는 여인은 보이지 않는다. 천궁 절벽에 홀로 앉은 기파랑. 이때 어디선가 피리소리. 달을 가로질러 백마가 난다. 기파랑은 "선화―" 소리치며 공중으로 몸을 던지니, 추락하면서 서서히 천마로 변한다. 두 마리의 천마가 날으면서 서로를 반긴다. 영원한 사랑을 지키기 위해 천마가 된 두 사람의 희생으로 신라는 다시 평화와 번영을 되찾는다. "기파랑과 선화낭자여! 영원히 서로 사랑하며 평화를 지켜주세요"

(3) 제작 계획

훌륭한 입체영상물을 만들고자 해외 우수 기술진과의 기술 교류를 시도하였다. 애니메이션 슈렉과 개미를 제작한 Nick Foster(PDI)와 클리프 행어, 마스크, 고질라, 이집트 왕자를 제작한 Joe Alter(ILM)의 기술력을 빌렸다.

한국 전통의상의 자연스러운 표현을 위해 고난도의 작업을 진행하고 있다. 하늘거리는 치맛자락, 머리카락과 수염 등의 세밀한 묘사를 하기 위하여 1초 제작에 48시간의 작업시간이 소요되는 작업이다. 또한 신라의 전통문화, 디자인, 복식 등의 창조적 발전을 추구하고자 KBS의 복식 전문가(유송옥 한국복식학회이사) 등을 통한 철저한 고증을 얻고 있다. 배경음악과 사운드 효과를 위해서는 음악감독 이동준(로스트메모리, 쉬리, 초록물고기, 은행나무 침대 등 스케일이 큰 대작에서 훌륭한 평가를 받고 있는 인물)을 영입, 스펙타클하고 때로는 감미로운 음악, 입체영상의 효과를 충분히 살린 풍부하고 다양한 스테레오 음향을 제작하여 재미와 감동을 극대화학자 한다.

2) 세계캐릭터 · 애니메이션전 "천마에서 마시마로까지"
    (1) 행사개요
    '2003경주세계문화엑스포'의 주인공인 '천마'에서 현대의 대표적

캐릭터를 상징하는 '마시마로' 까지 다양한 캐릭터와 애니메이션을 눈앞에서 만나면서 캐릭터와 애니메이션의 원리와 역사를 운다. 관람자가 직접 애니메이션 감독이 될 수도 있으며 동화의 나라에서 애니메이션 주인공과 함께 기념사진도 찍을 수 있는 체험공간이다. 물론 다양한 캐릭터 상품을 구매할 수도 있다.

(2) 시나리오

먼저, 캐릭터와애니메이션의 기본 원리와 역사를 배운다.

둘째, 관람객이 직접 캐릭터와 애니메이션을 만들 수 있다. 찰흙을 이용한 캐릭터 만들기, 4컷 만화그리기, 나의 캐릭터 그리기 등에 참여할 수 있고, 애니메이션 감독이 되어 애니메이션을 기획하며, 원화그리기, 선화, 채화, 촬영 등 애니메이션의 제작원리와 과정을 체험할 수도 있다.

셋째, 모션캡쳐존에서는 모션캡쳐를 활용하여 애니메이션과 합성촬영하는 과정도 배우며, 애니메이션의 속으로 들어가 주인공이 되어 볼 수도 있다.

넷째, 이야기가 있는 작은 주제공원–동화의 나라 – 에서 꿈과 환상을 키워볼 수 있는 공간이다.

'이상한 나라의 엘리스' 에서는 엘리스가 되어 모험과 신비의 카드나라를 여행하면서 미로를 탐험하며 보물도 찾아본다. '콩쥐팥쥐' 속에 들어가서 꽃신의 주인을 찾는 게임에 참여한다. 전래동화의 캐릭터 복장을 입고 동화 속 주인공이 되는 코스튬 플레이(costume play) 코너다.

다섯째, 생활 속의 캐릭터 : 캐릭터 세계일주

'알리바바와 40명의 도둑'에서 열려라, 참깨! 주문을 외면 동굴이 열리고 진귀한 보물을 구경할 수 있다.

마지막으로 캐릭터 경매에 참가, 캐릭터에 관련된 중고품을 자유롭게 판매할 수 있으며, 즉석에서 캐리커쳐의 모델이 되면 그림을 얻을 수가 있다. 포토존(Photo Zone)에서 기념사진을 촬영한다.

3) 첨단영상관

'2003경주세계문화엑스포'에서 새로 건립하는 영상관은 고화질 스크린과 첨단장비, 편안한 관람을 위한 최고급 좌석 등 메인홀과 프리쇼관을 갖춘 300석 규모의 입체영상 전용관이다.

첨단영상관에서 선보일 영상물은 청소년들에게 꿈과 희망을 심어줄 수 있는 것으로서, 국내외 우수 영상물 중 국내에 아직 발표되지 않은 세계적인 작품으로 선정하고자 다양한 제안서를 받아두고 있다. 아직 구체적인 상영작품을 선정하지 않은 상태다.